やたらと察しのいい俺は、
毒舌クーデレ美少女の
小さなデレも見逃さずに
ぐいぐいいく3
ふか田さめたろう
FUKADA SAMETARO
ILLUST. ふーみ

うううう……
無理矢理
着せられたのよぉ……！
★白金小雪

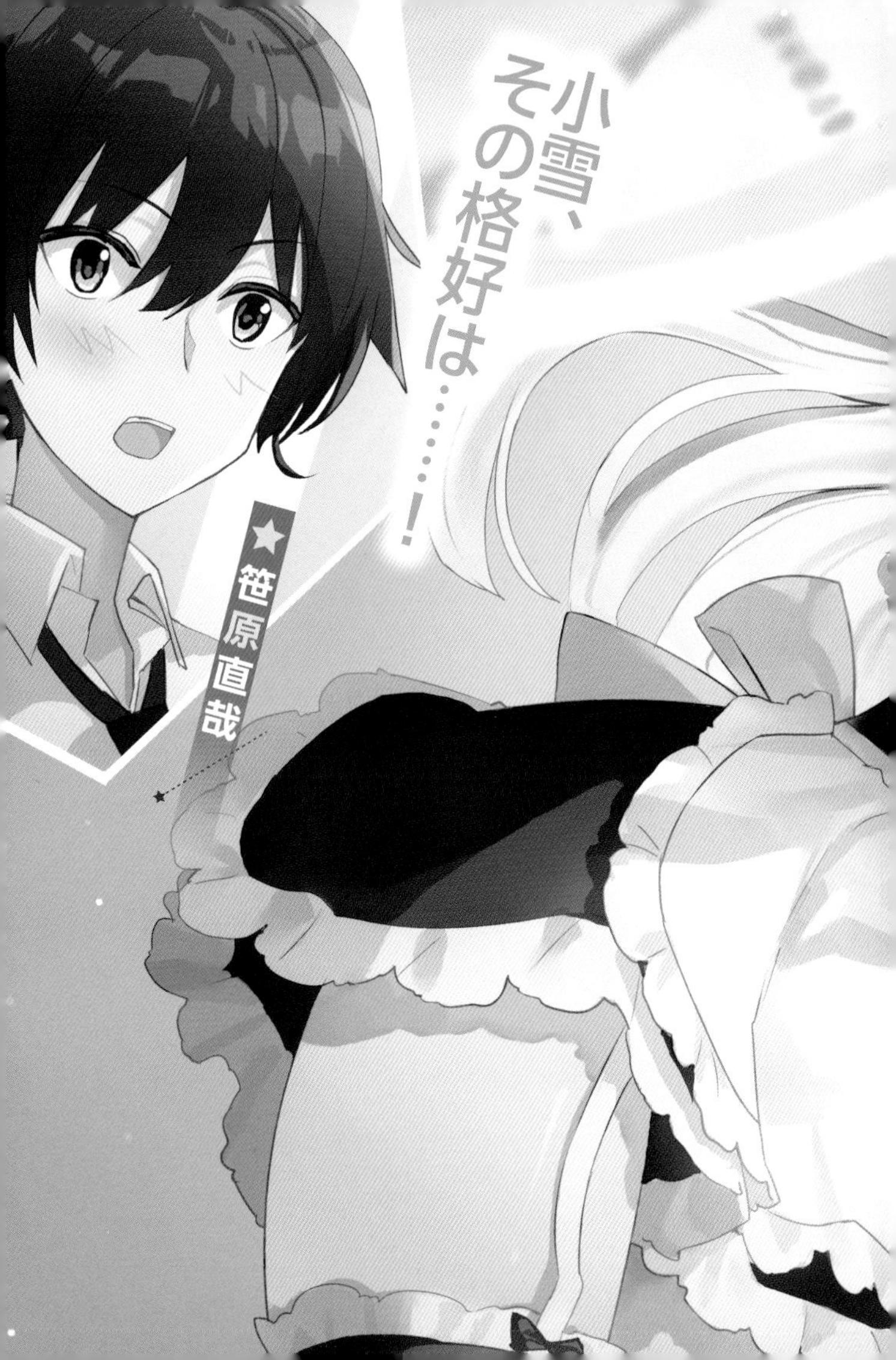
小雪、その格好は……！
笹原直哉

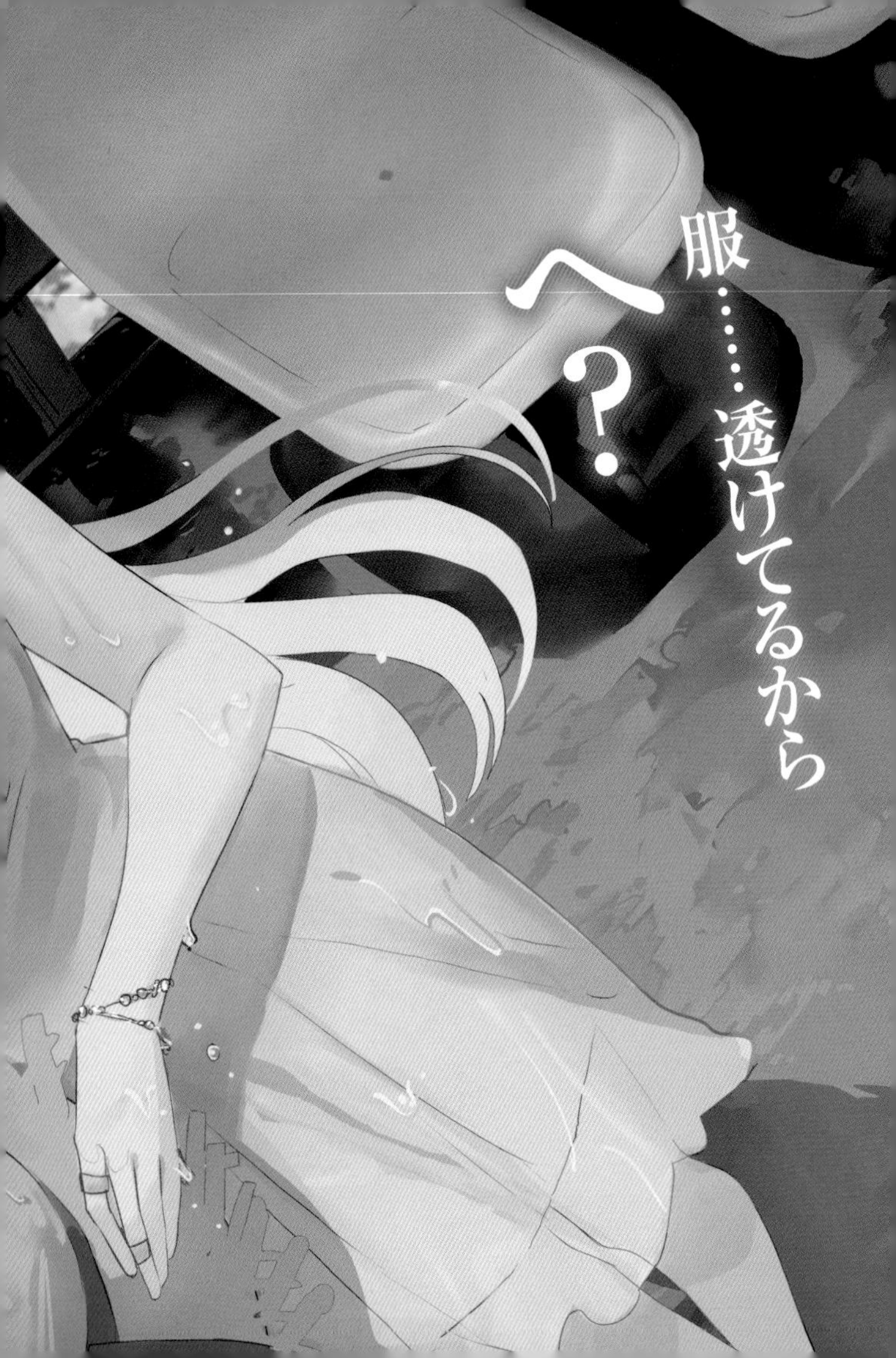

へ？
服……透けてるから

吐息が重なる。
ゴンドラが頂上にたどり着く。
どこか遠くで、鐘の音を聞いた気がした。
「私、あなたのことが好き。
はじめて会ったときから、ずっと好きだった」

CONTENTS

やたらと察しのいい俺は、毒舌クーデレ美少女の小さなデレも見逃さずにぐいぐいいく 3

ふか田さめたろう

GA文庫

カバー・口絵　本文イラスト
ふーみ

PROLOGUE プロローグ

白金《しろがね》・K・ハワード、四十一歳。

彼はこれまで、実に順風満帆《じゅんぷうまんぱん》な人生を送ってきた。

英国での名門一家に生を受け、権威ある大学を首席で卒業。

そのあとすぐにとある女性と燃えるような恋に落ち、日本に移住し結婚。

身ひとつで起こしたアンティーク家具輸入業が軌道に乗って、今ではそれなりに大きな会社に成長している。

妻との結婚生活は順調そのものだったし、可愛《かわい》い娘がふたりもできた。

どちらも反抗期なのか最近は当たりが少々強いものの、それはそれで愛らしくてたまらないし、今でも妻とはラブラブだ。

人はハワードのことを『絵に描いたように幸せな人生を送る男』と呼ぶ。

当人にもその自覚はもちろんあった。

まさか久方ぶりに訪れた故郷の地で、人生最大のピンチを迎えるとは思いもしなかった。

「間違いないわ！　この男よ！」

「は……？」

それは商談のため、イギリスを訪れたときのことだった。

商談相手が待ち合わせに指定したのは、都会の片隅にある小洒落《こじゃれ》たレストランだ。

夜のいい時間ということもあって店内のテーブルはほとんど埋まっており、ジャズの生演奏がゆったりと流れていた。

仕事相手は遅れるとの連絡が入ったため、ハワードはテーブルでひとりメールのチェックを行っていた。

なんだか店内がにわかに騒がしくなっていたが、自分には関係ないものだとしてタブレットの操作に集中した。

仕事の連絡……ではない。大事な妻からのメールチェックである。

今日も家族に何事もなく、娘のボーイフレンドも招いて夕飯を食べたらしい。添付されていた写真には、小雪《こゆき》と直哉《なおや》が仲良く皿を並べるところが激写されていた。

それにハワードは「うらやましいなあ……」としみじみこぼした。仕事が忙しいため、未来の息子と会えるチャンスは限られているからだ。

娘の彼氏など、父親からすれば面白《おもしろ》くもなんともないはずだが、ハワードは直哉のことを本当の息子のように気に入ってしまっていた。

早く仕事を片付けて日本に帰ろう、と決意を固めた——ちょうどそのときだ。

突然、先の大声が彼に突きつけられたのである。

「ちょ、ちょっとマダム、落ち着いて――」

「私は冷静よ！　あなたが盗んだにちがいないわ！　私の指輪を返しなさいよ！」

ヒステリックに喚《わめ》き立て、ハワードに人差し指を向けるのは、身なりのいい老婦人だった。恰幅《かっぷく》が非常によく、丸々とした指には大粒の宝石が飾られている。

見るもわかりやすい富裕層の人間だ。

それが鬼気迫る形相で、ハワードに突然泥棒の濡《ぬ》れ衣《ぎぬ》を着せてきた。周囲の客たちは眉《まゆ》をひそめて注視《ちゅうし》し、いつの間にかジャズも止まっている。

店中の注目を集めてしまい、ハワードはうろたえそうになる。

しかし紳士の矜持《きょうじ》でそれをぐっと堪《こら》え、なるべく穏便《おんびん》に言葉をつむいだ。

「はは……なにかの間違いでしょう、マダム。私はあなたのようなご婦人とは今初めてお会いしますよ」

「嘘《うそ》おっしゃい！　さっきトイレですれ違ったじゃない！」

「うっ、そう言われてみれば……」

たしかに先ほど手洗いに立った際、彼女とすれ違ったような気がする。香水の臭いが強烈で、それがやたらと印象に残っていた。

店員たちもまた顔を見合わせて、ハワードに疑いの目を向ける。

「……ちょっとすみません、お客様」

「なっ、なにをするんだ⁉」

体格のいいウェイターが素早く動き、椅子に立てかけてあったハワードの鞄《かばん》をかすめ取った。

そうしてゴソゴソと中身をテーブルに広げていく。

あまりに不躾《ぶしつけ》なその態度に、さすがのハワードも声を荒らげそうになるのだが……その抗議の声は、喉《のど》の奥へと消えていった。

「ありました！　ダイヤの指輪です！」

「は⁉」

ウェイターが彼の鞄から、大粒のダイヤがついた指輪を取り出してみせたからだ。

老婦人がそれを見て、鬼の首を取ったように声を上げる。

「それよ！　間違いなく私の指輪だわ！」

「ふむ……お客様、いったいこれはどういうことでしょうか？」

「そ、そんなバカな……！　なにかの間違いだ！」

ハワードは椅子を立ち、よろめくしかない。

店中がどよめき、白い目を彼へと向ける。この場の誰《だれ》もが老婦人の言葉を信じていることが肌で分かった。

それもそうだろう。実際にハワードの鞄から決定的な証拠が出てしまったのだ。まったく身に覚えのない彼以外に、それを疑うものなど誰もいないはずだった。

（なぜ、そんなものが私の鞄に……⁉）

まるで状況が理解できなかった。ただ自分の顔から血の気が引いていくことだけが、ありありと分かる。

さらにはウェイターがそんな彼の手首をつかみ、鋭い目を向けてくる。

「お客様、ここでは何ですので……店のお奥へ来ていただけますか？」

「ま、待ってくれ！　私はやっていない！　話をどうか聞いてくれ！」

「嘘おっしゃい！　警察よ！　誰か警察を呼んでちょうだい！」

「なっ……け、警察⁉」

老婦人がヒステリックに喚き立て、ハワードの頭はさらに真っ白になった。

自分は無実だ。それだけは間違いない。だがしかし、まかり間違って逮捕などされてしまえば……大事な家族に迷惑がかかってしまう。

（そ、それだけはダメだ……！）

だから彼はもう一度無実を叫ぼうと、口を開くのだが――。

「皆さま、少々お待ちいただけますか？」

「っ……⁉」

そこで、場にそぐわないほどの穏やかな声が響く。

おもわず口をつぐんでハッと振り返った先、そこには見知らぬ男が立っていた。

何の特徴もない東洋人だ。黒髪を撫《な》でつけて、そこそこ上等なスーツを身に纏《まと》っている。おそらく中年と言っていい年齢なのだろうが、青年と呼んでも差し支えないほど若くも見えた。

柔和《にゅうわ》な笑顔を浮かべる彼を見て、ハワードは首をひねるしかない。

(はて……どこかでお会いしたかな?)

仕事柄、ハワードは様々な人に出会う。

それゆえ人のプロフィールはなるべく一度で覚えるように心がけていた。顔と名前、所属くらいの情報はすぐに思い出すことができる。

だがしかし、この東洋人に関しては一切《いっさい》の情報が浮かんでこなかった。

だから間違いなく初対面……のはずなのだが、何故《なぜ》かよく知った相手のような気がしてならなかった。

不思議な相手を前にして、ハワードは状況も忘れて目を瞬《またた》かせるしかない。

老婦人も、彼をじろじろ見つめるばかりだ。

「なによあなた。この泥棒の仲間なの?」

「いえいえ、滅相もございません。こちらの男性とは初対面ですよ」

東洋人の男は折り目正しく頭を下げ、老婦人へと笑みを向ける。

所作《しょさ》も言葉も洗練されているものの、それが行きすぎていないおかげで、一切相手に警戒心を与えない。ビジネスマンとしては一流の物腰だ。

　彼はあごに手を当てて、温和な声で続ける。

「ただ、少し気になることがございまして。僭越《せんえつ》ながら口を挟ませていただきました」

「気になること……？」

「はい」

　そこで、彼はすっと目を細めてみせた。

　たったそれだけで纏《まと》う空気が一変する。気品ある物腰は、今にも矢を放たんとする狩人《かりうど》のそれに。柔らかな笑みは、牙《きば》を剝《む》く猛獣のそれに。

　おかげで老婦人とウェイターがたじろいだ。見守る客たちもいっせいに口をつぐみ、ハワードでさえも言葉を失ってしまう。

　店内の空気は今の一瞬で、男によって完全に掌握《しょうあく》された。

　そのまま、彼は妙に確信めいた調子で——こう続けるのだ。

「ご婦人、あなた……嘘をついていますね？」

「は……あ？」

　男の言葉に、老婦人は目を瞬かせる。

　周囲で見守っていた客や店員たちも、突然の状況を傍観《ぼうかん》するばかり。

　そして渦中《かちゅう》のハワードもまた、言葉を失うほかなかった。

（このご婦人が嘘をついている、だと……？）

だが、いったい何のために。それがまったく理解できなかった。

ハワードが事態を見守るうちに、老婦人はハッとしてまなじりを釣り上げる。

「へ、変な言いがかりはよしてちょうだい！　私は嘘なんてついていないわよ！」

「ほう？　ではやはり、こちらの男性が泥棒だと主張し続けるおつもりで？」

「もちろんよ！　トイレに行って戻ったら、ダイヤの指輪がなくなっていたの。だから、あのときすれ違ったその男が犯人に違いないし……」

そこで老婦人はびしっと人差し指をハワードへと突きつける。

「現に鞄から、私の指輪が出てきたじゃないのよ!?　あれが動かぬ証拠よ！」

「それはどうでしょうね？」

「へ？」

「なにしろ……そちらのウェイターはあなたのお仲間じゃないですか」

「っ……！」

今度はウェイターが目をみはる番だった。

その一方で男の表情は一切変化しない。ただ穏やかな笑みを浮かべたまま、淡々と言葉をつむぐ。それはまるで鎌を磨く死神を思わせた。

「指輪を隠し持っておいて、さも鞄から出てきたように見せかける……たいへん古典的な手口ですね」

「そ、そんなの言いがかりです！　いったいなんの証拠があるっていうんですか！」

「証拠ですか？　いくらでもございますよ」

そう言って、彼は件《くだん》のダイヤの指輪を摘み上げる。

「そもそもこのダイヤの指輪も、ご婦人がお持ちの宝石も……すべてイミテーションです。おかた通報しない代わりとして、法外な金額を要求するつもりだったのでしょう。ちなみに、そちらの男性。今日はおひとりでここに？」

「は？　い、いえ……仕事の相手と待ち合わせをしておりまして……」

「ではその仕事相手とやらが黒幕でしょう。あなたを陥《おとしい》れたくて、こんなならず者たちを雇ったというわけです」

「そ、そんなまさか……ああ、いや……しかし、そうか」

男の言葉を否定しようとするものの、ハワードは途中でハッと気付いて押し黙る。

今回の仕事相手は、ハワードとはライバル関係にある会社だ。

しのぎを削って成長してきた間柄だが、ハワードの会社の方が業績で言えば少しばかりリードしている。それが突然業務提携を持ちかけてきた。

多少不思議に思ってはいたものの……。

（私を罠《わな》に嵌《は》めるため、というなら納得だが……なぜ、彼はこうも断言できるんだ？）

ハワードが首をひねる間にも、男は続ける。

老婦人とウェイター。そのふたりを順に見遣《みや》って、その足元に目を留める。

「おまけに……あなた方の靴。泥がついておられますね？」

「そ、そんなの当然でしょ。昨日雨が降ったから、あちこちどこも水溜《みずた》まりばかりよ！」

「問題はその泥の種類ですよ、ご婦人。少し失礼」

「ひっ……な、なにを……！」

男はつかつかとふたりのそばに歩み寄り、その足元に膝《ひざ》をつく。

なにかと思えば、靴についた泥をハンカチで拭《ぬぐ》ったらしかった。それをじっと眺め、匂《にお》いを嗅《か》いで……にやりと笑う。

「まったく同じ赤土と食用油……しかもこれは、この店特注のオイルですね。おおかた店の裏路地で打ち合わせでもしていたのでしょう。あなた方の関係性を示す、動かぬ証拠です」

「ど、どうしてそんなことが分かるんだよ！　泥だけだろ！　言いがかりはよしてくれ！」

「ええ。たしかに泥を見ただけです。ですが私は……見ただけで真実が分かるのです」

うろたえるウェイターに、男は平然と笑みを返す。

彼の言葉は非論理的だ。だがしかし、その場の誰もがそれを笑い飛ばすことができなかった。

知性をたたえた黒い瞳《ひとみ》は、その言葉の通り万物をも見通す力を持っていると感じさせるような、絶対的な説得力を有している。

「あなた方が認めないおつもりなら、それでもいいでしょう。警察に行って、付近の監視カメラをチェックしてもらえれば済む話ですから。真に無実なら……なにも問題はないはずですよね？」

「く、くそ……！」

「きゃあっ⁉」

ついにウェイターは観念したらしい。

だがしかし、降伏という道を取らなかった。

そばにいた老婦人を突き飛ばし、勢いよく男へと――その背後にある店の扉へと、暴《あば》れ牛のように駆け出していく。凡庸《ぼんよう》な東洋人の男には、まず間違いなく受け止められないことだろう。

「そこをどけえええええ！」

「あっ、危な――」

ハワードが止めに入ろうとした、次の瞬間――。

「ふっ！」

「あぐっ⁉」

ウェイターの体が、綺麗《きれい》な弧を描いて投げ飛ばされた。お手本のように綺麗な背負い投げだ。

背中から床に叩《たた》きつけられて、泡を吹いてぴくりともしなくなる。

あまりに鮮やかなその技に、店中が言葉を失った。

そして次の刹那《せつな》、割れんばかりの喝采《かっさい》が巻き起こった。

男はそんな歓声を受けてもなお笑みを崩さず、少し乱れたスーツの襟元《えりもと》をそっと整える。

「実を申し上げますと、荒事に巻き込まれるのにも慣れておりまして。簡単な護身術程度なら心得ております。さあ、お怪我《けが》はありませんか、マダム」

「あ、あわわわわ……」

老婦人は床にへたり込んだまま、男が差し出す手を取ることもなく、顔面蒼白《そうはく》で震えるばかりだ。

「……虐めるのもその辺にしておけよ」

そこで、客たちの中からひとりの男が歩み出てきた。いかにも英国人といった壮年の男性で、目付きがやけに鋭い。

彼が懐《ふところ》から取り出してみせるのは警察手帳だ。

「動かんでくれ、ご婦人。悪いが警察だ」

「なっ、なんで警察がもうここに……！」

「なあに、俺《おれ》はたまたま飯を食いに来ていただけさ。あんたも運が悪かったな。あとは署で話を聞くよ」

「う、ううう……」

老婦人が抵抗の意思がないことを確認して、突然現れた警察官はテキパキとほかの店員に指示を出し、携帯でどこかへ連絡を入れはじめる。

そのころになって、ハワードはようやくハッとした。

どうやら降って湧《わ》いた疑いは晴れて、無事に身の潔白が証明されたらしい。

そう気付いたときには安堵《あんど》感よりも先に、湧き上がってくるものがあった。突き動かされるようにして、件の東洋人の前に飛び出して頭を下げる。

「本当に助かりました……！　あなたがいなければ、私はどうなっていたことやら……」

「いやいや、大したことはしておりませんよ。困ったときはお互い様、と言うではありませんか」

男性は鷹揚《おうよう》に笑うばかりだ。

特に誇るでも、謙遜《けんそん》するでもない。この程度の人助けなど彼にとっては日常茶飯事なのだろう。

（なんと人のできたお方なのか……！）

ハワードはおもわず息を呑んでしまう。

とはいえそう言われたところで感謝の気持ちが収まるはずはない。

なおもお礼の言葉をつむごうとする前に……あの警察の男がゆったりとした足取りでこちらに近付いてきた。

「いやはや、そちらさんも災難でしたな。あとで少しお話をうかがってもよろしいかな?」

「は、はい……もちろんです」

ハワードがぎこちなく頭を下げていると、東洋人の男もにこやかに警察官へ笑いかける。

「ありがとうございます、レスター警部。あとのことはお任せしますね」

「もちろんだ。あの二人組、おそらくもっと余罪があるだろう。こってり絞らせてもらうとするよ」

「それはいいですね。男の方がああ見えて自白は早いと思いますよ、そちらを先に尋問した方がいいでしょう」

「おまえさんのいつもの勘だな? なら、起きたらすぐ話を聞かせてもらうとするかね」

気さくな調子で会話する二人に、ハワードは首をかしげるしかない。

「そのー……おふたりはお知り合いで……?」

「ああ。今日は一緒に飯を食いに来ていたんですよ」

警察官はこともなげに言って、東洋人の男にニヤリと皮肉げな笑みを向けてみせる。

「それにしても……やっぱりおまえといると厄介ごとに巻き込まれるな、ミスター・ササハラ?」

「いやはや、申し訳ございません。こうしたことは黙っていられない性分なもので」

「……ササハラ?」

その名に、ハワードはピクリと眉を寄せる。

それは紛れもなく、最近我が家で話題に上らない日はない名前で——ハワードは生唾《なまつば》を飲み込んでから、おそるおそる切り出した。

「ひょっとして……日本の方でしょうか？」

「はい。こちらには仕事で滞在しておりまして……申し遅れました。私はこういう者でございます」

そうして東洋人の男は、ビジネスマンらしく一枚の名刺を取り出してみせた。

そこにはこう書かれている。

笹原法介《ささはらほうすけ》。

その名字は、やはりハワードのよく知る彼と同じものだ。

「笹原、さん……失礼ですが……こちらの少年に見覚えは？」

ハワードはおずおずとタブレットを取り出して、一枚の写真を表示させる。日本の家族から送られてきた、娘とその彼氏——笹原直哉の写真だ。

それを見て、東洋人の男性——笹原法介はかすかに目を丸くした。

「これはうちの倅《せがれ》ですが……どうしてあなたが…………ああ、なるほど」

彼は柔らかく、くすりと笑う。

そのたった一瞬ですべてを察してしまったらしい。恭《うやうや》しく頭を下げて、改めて自己紹介をする。

「直哉からうかがっております。白金さんのお父様ですね。初めまして、笹原法介と申します。息子がお世話になっております」

「初めまして、直哉くんのお父さん！」

そんな彼の手を、ハワードはガシッと握ったのは言うまでもなかった。

ちなみにこの後、ハワードは法介と事あるごとに出くわして、その度にシャーロック・ホームズとジョン・ワトソンよろしく、厄介な事件に巻き込まれるはめになるのだが……ここでは割愛しておくこととする。

なぜならこの物語は――。

「好きです」

「うん」

直哉と小雪のふたりがつむぐ、すれ違いゼロの恋物語だからである。

一章　リハビリ公園デート

その日も学校の授業が終わったあと、直哉《なおや》と小雪《こゆき》はいつもの通学路を歩いていた。

日中よりも多少マシとはいえ、夏の日差しが容赦なく照りつけてアスファルトに反射する。

あたりの熱気はくらくらとめまいがするほどだ。

しかし小雪は意気揚々《いきようよう》と歩道を歩く。

片手でスマホを操作しながら、隣の直哉に話しかけ続けた。

「それで、うちのパパったらイギリスで直哉くんのお父様に会ったみたいなの。こんな偶然ってあるものなのねえ」

イギリス出張中の小雪の父と直哉の父。

そのふたりが偶然にも出会い、意気投合したという知らせが昨夜届いたらしい。

ひとしきり面白《おもしろ》がってから、小雪は「でもねえ」と首をひねる。

「色々あって、直哉くんのお父様と兄弟の盃《さかずき》を交わしたとか書いてるんだけど……これってどういうことだと思う？　よっぽど気が合ったのかしら。ねえ、直哉くん……ちょっと、直哉くんってば！」

「へっ⁉」

大きな声で呼びかけられて、直哉は弾かれたように顔を上げる。

小雪は足を止め、直哉の顔をのぞき込んだ。

「どうしたのよ、ぼーっとしちゃって。私の話、聞いてたの？」

「あ、ああ。もちろん。聞いてたよ」

かろうじて歩調を合わせていたものの、相槌《あいづち》を打つのを忘れていた。

直哉は頰《ほお》をかいて笑う。

「うちの親父、察しの良さを遺憾《いかん》なく発揮してあちこちで事件を解決してるからさ……無限に義兄弟とか舎弟とか弟子とかが増えるんだ。いつものことだよ」

「いったいどんなお父様なの⁉」

「俺《おれ》の上位互換キャラみたいな感じ？　この前は石油王に気に入られて城一つ贈られそうになったけど、丁重に断ったとか言ってたな」

「スケールがおかしい……でも、直哉くんの察しがいいのはお母様のご病気がきっかけでしょ。お父様もそうなの？」

「親父から受け継いだ素質が、お袋がきっかけで開花した感じかなあ。爺《じい》ちゃん婆《ばあ》ちゃんは普通の人だから、親父は突然変異だけど」

「すごい血筋だわ……パパも何かの事件に巻き込まれたのかしら」

訝《いぶか》しげにスマホを睨《にら》む小雪である。

しかし、ふいにため息をこぼしてから直哉のことをうかがう。

「まあ、細かいことは今度パパに聞けばいいわね。それより直哉くんは大丈夫？」

「大丈夫って、何が……？」

「さっきぼーっとしてたじゃない。いえ、今だけじゃないわ。最近上《うわ》の空《そら》でいることが多いわよ」

「そうかな？　でも俺がボケッとしてるのなんていつものことだろ」

「こんなに頻繁なのは珍しいじゃない。何か心配事でもあるの？」

小雪は浮かない顔のままずいっと距離を詰めてくる。

「それともこの前お見舞いに来てくれたとき、私の風邪《かぜ》がうつったとか……？　無理しちゃダメなんだからね」

「そ、そんなことないって」

小雪が近付いてきたせいで、直哉はひゅっと喉《のど》を鳴らしそうになる。それをぐっと堪《こら》えて半歩身を引いた。そのままおどけたように力こぶを作ってみせる。

「あはは、小雪は心配性だなあ。俺は見ての通り健康そのものだぜ」

「ほんとかしら。なーんか近頃様子がおかしいのよね」

「そ、そんなことないって。っていうか、なんで近付いてくるんですかね……」

「直哉くんが逃げるからじゃない。やっぱり怪しいわ」

じとーっとした目のまま、小雪は直哉を追い回す。

その追跡から直哉は必死に逃げた。一定以上の距離を取らないと、まともに小雪の顔が見られなかったからだ。両手を突き出して牽制《けんせい》しつつ、小雪を促す。

「そんなことよりほら、もう着いたぞ。ふたりとも待ってるみたいだし、早く行った方がいいんじゃないか」

「へ？　あら、ほんとだわ」

追いかけっこをする内に、目的地のすぐそばまでやってきていた。

商店街の一角にある小さな喫茶店である。その前にはふたりの女子生徒がおしゃべりしており、こちらに気付くやいなやぱっと顔を輝かせて手を振った。

直哉の幼なじみである夏目結衣《なつめゆい》と、委員長こと鈴原恵美佳《すずはらえみか》である。

そちらに手を振り返してから、小雪は鞄を肩にかけ直して背筋をただす。

「うう、でもなんだか緊張しちゃうわね……ちゃんとできるかしら、私」

「大げさな。友達とパフェを食べに行くだけだろ」

「甘いわね、直哉くん。あのふたりはただの友達じゃないわ。結衣ちゃんと恵美ちゃんなんだから、うんと特別な友達なのよ」

小雪は真剣な口ぶりで言う。

しかしその言葉を口にして、表情がふっと和らいだ。これまでの自分――『猛毒《もうどく》の白雪姫』とは縁遠いはずの単語だったからだろう。

「ふふ……友達か。本当に夢みたいだわ。結衣ちゃんっていう新しい友達ができただけじゃなくて、恵美ちゃんとも仲直りできたんだもの」

「恵美ちゃんねえ……昔の呼び方じゃないんだな」

「ええ、そうよ。また最初っから友達をやり直すって決めたんだもの」

小雪は目を細め、恵美佳のことを見つめる。

先日、ひょんなことから彼女が小雪の幼なじみだと判明し、紆余曲折《うよきょくせつ》あってふたりは友情を取り戻すことができた。おかげで最近は結衣も合わせた三人で行動することが増えていた。

お昼休みを一緒に過ごしたり、放課後どこか寄り道したり。

今日もふたりとカフェに行くということで、直哉は道中のエスコート役を務めたのだ。

小雪は満面の笑みを向ける。

「直哉くんのおかげよ。本当にありがとうね」

「何度も言うけど、俺は背中を押しただけだって」

「あなたはそう思っていても、私は感謝しているの。素直に受け取っておきなさいな」

悪戯《いたずら》っぽくウィンクして歩き出してから――小雪はぱっと振り返った。

その熱い眼差《まなざ》しが、まっすぐに直哉へ注《そそ》がれる。

「あのふたりも大切だけど……直哉くんも、私にとって大事な人なの」

「小雪……」

「だから、何か悩み事があったらちゃんと私に相談すること。分かった？　どんなことでも力になるわ」

小雪の言葉に嘘《うそ》はなかった。

純粋に直哉のことを心配してくれている。

その想《おも》いが痛いほどに伝わった。だから直哉は茶化すことも誤魔化《ごまか》すこともなく、ふんわり笑ってこう答えた。

「分かった。そのときはちゃんと言うよ」

「よし、約束よ。次は私が直哉くんを助ける番なんだから」

直哉の本気が伝わったのか、小雪は意気揚々と結衣たちの元へ向かった。

三人がこちらへ手を振り、カフェへと入るのを見届けて——直哉は天を仰《あお》ぐ。

「悩み、か……言えたら楽なんだけどなあ。好きな子が俺にキスしたこと忘れてるんですけどどうしたらいいですか、って……」

色々と、直哉はもう限界だった。

◇

それから約十分後。

カフェからほど近い場所にひっそりと建つ茜屋《あかねや》古書店にて。

「だーっはっはっはっは！」

爆《は》ぜるような笑い声が、畳敷《たたみ》きの居間に響いた。

直哉の幼なじみ、河野巽《こうのたつみ》である。腹を抱えてうずくまり、畳をバンバンと叩《たた》く。

「マジかよこいつ！　あれだけ色恋沙汰は面倒くさいとか散々ほざいてたのに、いざ当事者となったらこれだよ！　一人前に青春しちゃって面白《おもしれ》え……！」

「こ、こら、そんなに笑っちゃ悪いでしょ。当人にしちゃけっこう深刻な悩みよ、これは」

そんな巽を叱るのは、古書店の店主こと茜屋桐彦《きりひこ》だ。

さすがの良識人ぶりが光るものの、その口の端はぴくぴくと引きつっていた。

一方、この場のもうひとり、小雪の妹の朔夜《さくや》はといえば――。

「すごい……推しカプが幸せになった……優しい世界……ヴァルハラはここに在った……」

つーっと涙を流しながら、虚空《こくう》に手を合わせて拝んでいた。

どうやら、萌えの供給過剰で処理が追いつかないらしい。

直哉は天井《てんじょう》を仰いで、ぼやくしかない。

「やっぱりここで相談するのは間違ってたかなあ……」

「そうは言うけどね、笹原《ささはら》くん。こんな甘々でヘビーな悩み事、どこに相談したって失笑と生温かい目で見られるのは間違いないわよ」

「まったくその通りだと思いますけどね。一人で抱えてるのが辛くなったんですよ」

桐彦のツッコミに、直哉は肩を落として茶をすする。

小雪と別れてすぐ、居たたまれなくなった勢いのままにここへやってきたのだ。そのまま何もかもをぶちまけてしまって、こんな状況になっていた。

直哉は居住まいを正し、桐彦へと頭を下げる。

「マジで俺はどうすればいいんですかね……人生の先輩として何かいいアドバイスをいただけませんか、桐彦さん」

「ええ……大人に過度な期待をしないでちょうだいな」

桐彦は顔をしかめつつも、ぴんと人差し指を立てる。

「まあともかく整理しましょ。笹原くんは先週、小雪ちゃんとキスしちゃったのね？」

「……はい」

「でも、小雪ちゃんはそのことを完全に忘れちゃっている、と」

「その通りです」

先日、直哉は風邪を引いた小雪のお見舞いに行った。

そこで熱で朦朧《もうろう》とした小雪に、まんまと唇を奪われてしまったのだ。

しかしそんな大胆なことをしでかしたくせに、小雪はそのことを完全に忘れてしまっていて……直哉はずっとひとりで悶々《もんもん》とし続けているのである。

巽は容赦なく笑い転げ、直哉の背中をばしばしと叩く。

「あはははは！　よかったじゃねえか色男！　大人の階段を上ったなあ！　ひぃーーっ！」

「巽。それ以上笑うようなら、おまえが結衣といつどこでファーストキスを済ませたのか、ここで詳細に暴露してやるからな」

「っっ……てめえ、なんでそんな個人情報を知ってるんだよ⁉」

一瞬で顔を真っ赤《まか》に染めて叫ぶ巽だった。

高一の夏休み、結衣とふたりで夏祭りに出かけて、そこで大人の階段を上ったらしい。

次の日ふたりとばったり出会った際、その余所余所《よそよそ》しさから『あー、進展したのか』と察したのはいい思い出だ。まさか脅しのネタに使えるとは思わなかったが。

ともかく巽は真っ赤な顔で黙り込み、ついでに朔夜も落ち着いたらしい。

頰《ほお》を伝う涙をぬぐいつつ、ほうっと吐息をこぼしてみせる。

「うちのお姉ちゃんはさすがのポンコツ具合。ごちそうさま。でも、こんなの思い出させちゃダメだと思う」

「ああ、まず間違いなく卒倒《そっとう》するだろうな」

ただでさえ小雪のメンタルは弱い。

そんな大胆なことをしでかしたと知れば再起不能に陥《おちい》るのは間違いない。

最悪、またいつぞやのときみたく直哉の前に出てこなくなるだろう。

それを聞いて桐彦は肩をすくめてみせる。

「じゃあもう、笹原くんも小雪ちゃんを見習って綺麗《きれい》さっぱり忘れたら？」

「それができたら苦労しませんよ！　好きな子とキスしたんですよ⁉」

軽く言ってのける桐彦に、直哉はとうとう声を荒らげてしまう。

あの一件をなかったことにさえすれば、たしかにすべて丸く収まる話である。

だから直哉は何度も何度も忘れようとしたのだが……それは無駄なあがきでしかなかった。

目をつむれば、何もかもが鮮明に蘇《よみがえ》る。

重ねた唇の柔らかさ。ぶつかった鼻先の冷たさ。赤らんだ小雪の頬。絡《から》め取られた足の感触。

汗とシャンプーの入り交じった甘い匂《にお》い。エトセトラ、エトセトラ。

そういうわけで、忘れようとすればするほど記憶はどんどん色濃くなった。

「そもそも忘れるなんて勿体《もったい》ないことできません！　ファーストキスですよ⁉」

「じゃあ自分の胸にしまって、これまで通り普通に過ごすとか？」

「無理です！　小雪は覚えていないから自然に接してくるんですよ⁉」

たとえば昼食を一緒に食べているとき――。

『あっ、そのジュースおいしそうね。一口ちょーだい』

『うっ……⁉　な、何やってんだよ小雪⁉』

『な、何よ。回し飲みくらいいつもしてるじゃない』

すっかり慣れてしまった間接キスを仕掛けてきたり。

また、あるときは登下校のときなどに――。

『あら？　直哉くん、スマホの画面が変になっちゃったんだけど』

『はあ……見てみようか？』

『ありがと。ここをシュッとしてピッてしたら何故《なぜ》か動かなくなっちゃって……どうやったら直るの、これ？』

『とりあえず距離が近いとだけ……！』

不用意に顔を近づけてきたり。

自分たちがキスしたばかりだなんて知るよしもなく、そんなごくごく当たり前のスキンシップを繰り出してくるのだ。さすがの直哉も堪《こた》えるというものである。

「これで自然に過ごすとか無理な話ですよ！　もう心臓が持ちません……！」

「でもあなた、そういうスキンシップも役得だとか思ってるんでしょ」

「当たり前じゃないですか！　相手は好きな子なんですよ⁉」

「あなたのその突き抜けた素直さ、美徳なのか欠点なのか判断しがたいレベルよねえ」

頰に手を当てて嘆息《たんそく》する桐彦だった。

巽と朔夜もひそひそと言葉を交わす。

「おお、直哉が取り乱してやがる。珍しいなあ」

「私もこんなお義兄《にい》様初めて見た。面白いね」

「見世物じゃないから面白がらないでくれ。これでも本気で悩んでて、とにかく助言が欲しいんだよ……」

そちらをひと睨みして、直哉は盛大にため息をこぼす。

相談という名目で吐露できて少し気分は落ち着いたが、わりかし八方塞《はっぽうふさ》がりの状態なのだ。

げっそりする直哉に、桐彦は目を細める。

「助言、ねえ……逆に聞きたいけど、笹原くんはどうしたいの？」

「へ……？」

それに直哉は目を瞬かせた。

現状に翻弄《ほんろう》されるままで、自分の気持ちなんて考えたこともなかった。

しばしじっくり思案して、ゆっくりと心の中身を絞り出す。

「とりあえず、さっきも言いましたけど……小雪とのキスをなかったことにはしたくないです」

「じゃあ小雪ちゃんに本当のことを教える？」

「それは小雪がダウンするので、やっぱり避ける方向で」

すっぱりとその提案を却下する。

対話が進むごと、心の中に拡がっていた霧が晴れていくのを感じた。

（そもそも俺だけが悶々としてる、この状況がキツいんだ。小雪とこの甘酸っぱい思いを共有できたらそれでいいよな……？）

そして、その状況に持って行くにはどうすべきか。

直哉はふっと心に浮かんだ言葉を口にする。

「………仕切り直し？」

「ええ、それしかないでしょうねえ」

予想通りの回答を得たとばかりに、桐彦はふんわりと笑う。

朔夜は理解できないらしく、こてんと首をかしげてみせた。

「お義兄様。つまりはどういうこと？」

「ファーストキスをやり直すんだよ」

直哉はゆっくりと噛みしめるように言ってのけた。

十指の腹をそれぞれ合わせると、己《おのれ》の目に鈍い光が宿るのを感じる。

「もう一度、小雪とちゃんとキスをする。そうすれば俺だけがもだもだすることはなくなるし、キスをなかったことにもしなくていい。まさに一石二鳥だ」

「なるほど？　でもお義兄様、その作戦はお姉ちゃんにはハードルが高いよ」

朔夜はますます首をひねる。

「付き合ってもいないのにキスするなんて、そんなこと絶対無理だと思う。お義兄様は、告白の返事を大人しく待つんじゃないの？」

「ああ、もちろん待つよ」

告白の返事は、小雪が素直にイエスと言えるまで保留とする。

その決断に嘘はないし、今だってその約束は守るつもりでいた。

「告白の返事は待つ。だけど……それまで俺の方から攻めないとは、一言も言っていない！」

直哉は力強く拳《こぶし》を突き上げる。

そうして放つのは堂々たる宣戦布告だ。

「だからまずは付き合うことを目標にする！　ここからはさらに押せ押せでぐいぐいいく！　それで小雪が告白の返事をしたくなるほど、俺のことを大好きにさせてみせるんだ！　これしかない！」

「さすがはお義兄様。ひとりでギャルゲー主人公とアドバイスキャラを兼ね備える逸材ね」

無表情のままで熱い拍手を送る朔夜だった。

そして桐彦はといえば、満足げにうなずいてぐっとサムズアップする。

「そうよ、その意気よ。笹原くんにはその攻めの姿勢が一番お似合いだものね」

「ありがとうございます、桐彦さん。目が覚めました」

軽く会釈して、直哉はあさっての方角——小雪がいるはずのカフェに向けて、固い決意を叫んでみせる。

「覚悟しろよ、小雪！　悪いがここからは全力で……落とさせてもらう！」

かくして作戦は決まった。

今まで以上にぐいぐいいって、告白の返事をもらう。

そののちに、しかるべきタイミングを見計らってキスの仕切り直しを図る。

穴のない完璧《かんぺき》な作戦だ。

しかしそこで、巽があごに手を当てて唸《うな》ってみせる。

「うん？　でもよ、直哉。その計画には今のところ重大な穴がないか？」

「はあ……？　たしかに小雪は一筋縄じゃいかないだろうけど、穴って言うほどでも――」

「違う違う。白金《しろがね》さんは難敵だろうけど、いつものおまえなら順当に行けば落とせるはずだ。

そこに疑問を挟む余地はねえ」

「じゃあ何が問題なんだよ」

「そんなの決まってるだろ。おまえ自身だよ」

巽はにやりと笑い、自分の頭を指し示す。

「ちょっと想像してみ？　おまえ、以前みたいに白金さんへぐいぐい攻められるか？」

「そりゃもちろん………？」

言われた通り、いつものように攻める自分を想像してみようとする。

小雪の髪型を褒めたり、手をつなごうとしたり、『好きだ』と言ってみたり。

しかし、そのシミュレーションはどれも肝心なところで停止してしまう。

原因は明白だった。考えれば考えるほどに顔に赤みが差し、心臓の鼓動が速くなる。そのうち想像上の小雪の顔がどんどんアップになっていき、唇にフォーカスされた。

（だ、ダメだ……！　胸が苦しくてそれどころじゃない！）

その妄想を振り払うべく、直哉は悟ったことを叫ぶ。

「ぐいぐい攻めるには……まず俺のリハビリが必要ってことかよ⁉」

「おお、当たったなあ。キスした衝撃でいつもの調子が出ないだろと踏んだんだよ。俺もしばらく結衣の顔をまともに見られなくなったしな」

直哉の肩をぽんっと叩き、巽は続ける。

「まあ頑張りたまえよ、悩める青少年くん？」

「上から物を言うんじゃねえ！　何様だおまえは！」

「彼女持ち様ですが何か？」

「結衣と付き合えたのは、そもそも俺の功績だろうが！」

ふんぞり返る幼馴染みの胸ぐらを掴《つか》んで揺さぶるものの、相手はまるで動じなかった。

虚しくなってその手を離し、直哉は畳に這《は》いつくばる。

まさか自分が計画進行の妨《さまた》げになるとは思わなかった。だがしかし、直哉はここで折れるわけにはいかない。もう一度キスをするという崇高《すうこう》な目的があるからだ。

「いいだろう、やってやるよ……！　このドキドキを乗り越えて、小雪にぐいぐいいってみせる……！」

直哉はもう一度ぐっと拳を握り、全身に力を込める。

あとの三人はそれを見て、存分にニヤニヤするのだった。

「わはは、直哉のやつマジでおもしろいことになってるな。見てて飽きねえわ」

「でもデリケートな問題だし、私たちは見守るだけにしましょうね」

「はあい、先生。ところで見守りといえば、今週末もカップル観察などいかがですか？」

「そうねえ、天気もいいみたいだし。せっかくだし、巽くんと結衣ちゃんもどうかしら。プールのときみたいに、ついでにデートを取材させてくれたら何かおごってあげるけど」

「あー、結衣にちょっと聞いてみるわ。たしか暇だったと思うけどな」

そのまま彼らは直哉を放って、わいわいと週末の計画を練り始める。

そんな会話を――。

「そうなると、やっぱデートして勘を取り戻していくしかないな……なるべく早めに……今週末あたり勝負を仕掛けるか……」

直哉はぶつぶつと計画を練るのに忙しく、珍しく聞いていなかった。

◇

この窮地《きゅうち》を脱するには、攻勢に出るしかない。

しかし勝負を仕掛けるためにも自分のコンディションを整える必要がある。

それを悟った直哉の行動は早かった。

早速次の日には、小雪と週末一緒に出かける約束を取り付けた。

そして、今日がそのデートである。

ともあれデートといっても様々なシチュエーションが存在する。

ふたりきりになれるカラオケ、暗闇《くらやみ》の中でそっと手を握る映画館だったりプラネタリウム。はたまたロマンチックな夜景を眺める展望台や、互いの部屋。

そんな中で直哉が選んだのは、オーソドックスな場所だった。

「わあ、いい天気ね。久々に来たかもしれないわ」

公園の入り口に立って、小雪は明るい声を上げる。

突き抜けるような青空の下、小雪の立つ場所からまっすぐに舗装《ほそう》されたレンガ道が延びている。その両側には背の高い広葉樹が等間隔に並んでいた。

道を少し先に進んだところには大きな噴水がしぶきを上げており、多くの人々が足を止めて涼を楽しんでいる。そして、その噴水を起点として道が分岐して、様々な区画へと続いていた。

ここは、市内で最も大きな広域都市公園である。

野球ができるようなグラウンドや芝生はもちろんのこと、大きな池やアスレチックコーナー、バーベキュー広場などを併設している。緑化にも力を入れており、あちこちに木々が立ち並び、美しく整備された花壇がどこまでも続く。

家族連れにも人気の場所だが、もちろんデートスポットとしても有名だ。

天気のいい休日朝ということもあって、あちこちにカップルの姿が見えた。

そして、小雪もばっちりデートスタイルだ。

歩きやすいサンダルに、丈の短いワンピース。夏らしい清潔感のある出で立ちに、小さめの籠バッグを合わせている。小ぶりなアクセサリーでお洒落することも忘れない。

準備ばっちりの小雪の隣で、直哉もにこにこと笑う。

「俺も久々かもなあ。デートで来るの自体は初めてだけど」

「ふんだ。浮かれてるところ悪いけど、これはデートなんかじゃないんだからね」

めいっぱいお洒落しながらも、小雪はすました笑みを浮かべてみせる。

「あなたが運動不足だって言うから、仕方なく散歩に付き合ってあげるだけなんだから。ペットの面倒を見るのも飼い主の務めなのよ」

「なるほど。それじゃ、そこのホームセンターに行く？」

「えっ、な、なんで？　何か欲しいものでもあるの？」

「いや、ペットの散歩ならリードと首輪が必要かと思ってさ。そこの看板にも『飼い犬はしっかりリードでつなぎましょう』って注意書きが書いてるし」

「……OK、分かったわ。デートだって認める。そっちの方が百倍マシだから」

小雪は苦渋の決断とばかりに小さくうなずいてみせた。

こうして名実ともにデートの開始となった。

公園入り口に鎮座する案内図を見上げて相談する。

「それで、どこに行くつもり？」

「ま、とにかくまずはぶらっと歩こうかと。今日はたしか、広場でフリーマーケットなんかも開かれてるはずだしな」

「ふうん、退屈そうな催しね。他に何かないのかしら」

そうは言いつつも小雪は目を輝かせて案内図を見上げる。

その横顔をこっそりうかがいながら、直哉は拳を握りしめた。

（よし、今日は頑張るぞ……目標は『小雪とのイチャイチャに慣れる』だ）

キスした記憶が濃厚なせいで、今の直哉は小雪のことを意識しすぎるきらいがある。

こんなことではぐいぐいいけるはずもない。

そのため、今日のデートはリハビリとした。

ゆっくり心臓を慣らしていって、以前の調子を取り戻すのが目的だった。

「あっ、直哉くん！　見て見て！」

「うっ……⁉」

しかし、そこで小雪が直哉の服をぐいっと引いた。

たたらを踏んで、すこし距離が近くなる。直哉が固まるのにも気付くことなく、小雪はこちらを見上げてぱあっと顔を輝かせた。

「ここの池、ボートに乗れるんですって！　行ってみない？」

「お、おう……それは名案なんじゃないかな……」

「ふふん、そうでしょ。ぼーっとしてるあなたと違って、私は冴《さ》えているんだから」

得意げに胸を張る小雪である。

直哉はぎこちない笑みを返しながら、必死に心臓を落ち着けていた。

（お、思った以上にキツいなこれ……好きな子とデートするってだけで、こんなにドキドキするものなんだな……）

おまけに、直哉は小雪の気持ちが手に取るように分かってしまう。今は『ボートに乗って、お散歩して、フリーマーケットを見て回って……すっごく楽しみだわ！　直哉くんと一緒だから、こんなにワクワクするんだろうなあ……』なんて可愛《かわい》いことを考えてくれている。

それが予想していた以上に心臓へ刺さる。

このときばかりは、直哉も己の察しの良さを恨まざるを得なかった。

少し距離が近くなっただけでこれである。もっとすごいことが起こったら、耐えきれる自信がない。リハビリを完了する前に、ギブアップしてしまう可能性すらあった。

（このままじゃマズい……なんとか小雪を抑えないと……）

必死にあたりを見回して打開策を探る。

そして、天は直哉に味方した。はっと気付いてにやりと笑う。

「なあなあ。見てみろよ、小雪」

「うん、なあに？」

「あちこちカップルだらけだな」

天気のいい休日だ。多くの人々が公園を訪れており、カップルの姿も多い。

そして、彼らはもれなく腕を組んだり、手をつないだり、服の裾《すそ》をつまんだりして、多種多様なやり方でイチャイチャしていた。

その光景を前にして、小雪は目を丸くする。

「ほ、ほんとだわ……しかもみんなけっこう大胆ね……」

「俺たちも真似してみるか？　腕を組むとかさ」

「へ⁉」

予期しなかったであろう直哉の申し出に、小雪の顔が一瞬で赤くなった。

そのまま大きく距離を取り、ぶんぶんと首を横に振る。

「そ、そんな破廉恥《はれんち》なことできるはずないでしょ！」

「まあまあそう言わずに。意外とすぐに慣れるかもしれないだろ」

「嫌ったら嫌！　恥ずかしいままに決まってるわよ……！」

「ちぇー。残念だなあ」

直哉は大仰《おおぎょう》にがっくりと肩を落として悔しがる。

もちろん、口元にはこっそりと笑みを浮かべていた。

（よし、狙《ねら》い通りになったぞ……！　ここで牽制しておけば、小雪は今以上にくっ付いてこないはずだ！）

そして、その読みはまんまと的中した。

小雪は赤くなりながらもじもじしつつ、ちらちらとカップルたちの様子をうかがう。

その顔からは『う、羨《うらや》ましいけど……そんな大胆なことできるはずないわ……！』という葛藤がにじんでいた。意識してしまった結果、近付くに近付けないらしい。

今、直哉と小雪の距離は腕一本分くらいだ。これくらいなら耐えられる。

直哉がほっと胸を撫で下ろす横で、小雪はぷいっとそっぽを向く。あからさまな照れ隠しだった。

「と、ともかく行くわよ。早くしないとボートが取られて……きゃっ」

歩き出そうとして、誰《だれ》かとぶつかった。

幸い転ぶことはなかったが、小雪は慌てて振り返って頭を下げる。

「ご、ごめんなさい。ちゃんと見ていなくて……って、結衣ちゃん？」

「あれ、小雪ちゃんに直哉？」

「げっ……⁉」

そこに立っていたのは結衣と巽である。

どちらも清潔感のある私服姿で、あたりにいるカップルたち同様、仲睦《むつ》まじく腕を組んでいる。お手本のようなデート中の高校生カップルだ。

その後ろには桐彦と朔夜もいた。それぞれノートを持って、首からカメラを提《さ》げている。

直哉たちの姿を確認するやいなや、ふたりも目を丸くした。

「あらまあ、笹原くんじゃない。奇遇ねえ」

「やっほー、お姉ちゃん。今日のデート先ってここだったんだ」

「朔夜まで！　みんないったいどうしたの？」

「小雪ちゃんたちと一緒だよ、私たちも遊びに来たんだって」

結衣はニコニコとそれに答えてみせた。

一方で、直哉は頭を抱えてよろよろと後ずさる。このエンカウントが想定外だったことがショックだったのだ。

「読み違えた……！　こんなに天気がいいし、四人連れ立って公園に来ることも、待ち合わせした場合の到着時間が俺たちとかぶることも、普通なら分かりきってたはずなのに……！」

「それは別に普通のことじゃないと思うわよ、笹原くん」

「よっぽどいっぱいいっぱいだったのね。お義兄様の意表を突くなんてレアケース」

朔夜が口元に手を当ててぷふーっと笑う。

表情筋はぴくりともしないが、彼女なりの抱腹絶倒だ。

真っ青になる直哉を睨み、桐彦は眉《まゆ》をひそめてみせる。

「それより、そんなにショックを受けなくてもいいじゃないの。あたしたちと出くわして、何か不都合でもあるっていうの？」

「大ありですよ……！　このままだと俺の命はないんです！」

「はあ？　どういう意味よ」

「お義兄様ご乱心？」

顔を見合わせる桐彦と朔夜。

そんな三人をよそに、小雪と結衣の女子ふたりはわいわいと盛り上がる。

「その服かわいいね、小雪ちゃん。お人形さんみたいだよー」

「ゆ、結衣ちゃんこそ似合ってるわ。そのスカートって、駅前のデパートに入ってるお店？」

「当たり！　他にも色々かわいいのがあるし、今度委員長も誘って一緒に見に行く？」

「いいの⁉　行くー！」

小雪はぱあっと顔を輝かせる。

最初のころの余所余所しさが嘘のように、どんどん仲が深まっているらしい。笑い合うふたりの周りは花が咲いたように明るくなる。

だが、巻き込まれる巽だけは違っていた。

結衣に腕を拘束されたままなので、げんなりとため息をこぼしてみせる。

「なあ、結衣。俺を解放してから、白金さんとゆっくり話せばいいんじゃないか?」

「ダメだよ、巽。今日はデートはデートでも、桐彦兄ちゃんのデート取材なんだから。ちゃんと真面目《まじめ》にイチャイチャしないと」

「なんだその理由。真面目にイチャイチャするっておかしいだろ」

しかめっ面を返しつつも、巽は無理に振り払おうとしなかった。

平然と繰り広げられるイチャつきぶりを前にして、小雪はほうっと嘆息する。

「結衣ちゃんは大胆ね……人前で腕を組むなんて恥ずかしくないの?」

「そう? これくらい普通でしょ、この前のプールで小雪ちゃんも直哉としたはずじゃない」

「あ、あれはやらされただけだし……」

イチャイチャすると景品がもらえるカップル応援イベントがあったのだ。

あのときは係員の指示に従って、腕を組んだり互いの好きなところを言い合ったりした。

そんな理由がないかぎり、腕組みなんて小雪には無理な話だろう。

（もっとすごいことも俺たちやってるんだけどな……）

あのときのキスが脳裏をよぎって、直哉はこっそりと天を仰ぐ。

そんなことを知るよしもない結衣はけろっとしたものだ。

「小雪ちゃんは難しく考えすぎだって。ほら、まわりの人たちを見てみなよ」

いたずらっぽくウィンクして、先ほど直哉がやったように周囲のカップルたちを指し示す。

「ここじゃみーんなこんな感じでしょ。ドギマギして相手と距離を取る方が逆に目立っちゃうよ。もっと堂々としていいんだって」

「そ、そんなものなのかしら……」

「そうそう。それに大丈夫だよ」

渋る小雪を励ますようにして、結衣は小雪の手を握る。

「私と一緒なら、恥ずかしさも半分こでしょ。だから勇気を出してみなよ」

「なるほど、さすがは結衣ちゃん！　頼れる先輩だわ！」

小雪はごくりと喉《のど》を鳴らす。覚悟が決まった証だった。

そのままくるっと直哉を振り返り、じりじりと距離を詰めてくる。

「そういうわけだから、直哉くん」

「ちょっ、ちょっと待て！　さっきあんなに恥ずかしがってたはずだろ⁉」

直哉は大きく腕を突き出して後ずさった。しかし足がもつれてうまく逃げられない。

そうこうするうちに小雪との距離はゼロへと近付いて――。

「問答無用！　えいっ！」

「ぐはっ……⁉」

抵抗も虚しく、左腕にぎゅうっと抱きつかれた。

その瞬間、心臓が勢いよく飛び跳ねる。そのままバクバクと速いビートを刻み始め、顔があっという間に真っ赤に染まった。胸を押しつけられた二の腕が燃えるように熱くなる。

直哉は胸中で絶叫する。

（やっぱりこうなった……！）

小雪と結衣の仲はぐっと縮まった。

そんな相手が彼氏とイチャつくところを見れば、スキンシップに対する苦手意識もグッと軽減されるはず……その読みが不運なことに当たってしまった。

ガチガチに固まる直哉をよそに、小雪は得意げに鼻を鳴らす。

すこし緊張しているようだが、プールのときから数えて二回目のため心理的負担は軽めだったようだ。むしろ自分から仕掛けることができてご満悦らしい。得意げに直哉の顔を見上げてくる。

「ふふん、ちょっと恥ずかしいけど……たしかにまだ我慢できるわね。結衣ちゃんのおかげだわ」

「えへへ、どういたしましして。直哉も感謝してよね、私のおかげで小雪ちゃんと腕組みデートできるんだからさ☆」

「アリガトウゴザイマス……」

ドヤ顔をする幼馴染みに、直哉は棒読みで謝意を述べた。

事情を知るあとの三人は『うわあ……』という顔で視線を交わす。

結衣はマイペースにも小雪にニコニコと笑いかけた。

「ねえねえ、小雪ちゃん。せっかく会えたんだし、このまま私たちとダブルデートなんてどう？」

「えっ、お誘いは嬉《うれ》しいけど……お邪魔じゃないの？」

「むしろ大歓迎だよ！　私たちはこれからボートに乗りに行く予定だったんだけどね」

「ほんと⁉　私たちも一緒よ！　ねえねえ、直哉くん。結衣ちゃんたちと一緒でもいいかしら」

「ああ、うん……小雪のお好きにどうぞ……」

こうして直哉は引きずられるようにしてダブルデートに連行されることとなった。

花壇を背景に写真を撮られたり、散歩中の大型犬に懐かれて小雪があたふたしたりと平和な道草を食いながらも、一行は池に到着した。

見渡す限りに広がる水面には白いボートがいくつも浮かんでいる。待機列もできるほどの盛況ぶりだ。親子連れの姿もあるが大部分はカップルで、明るい雰囲気で満ちている。

「それじゃ、あたしたちはあっちの売店で見守ってるわね～」

「生きてね、お義兄様」

桐彦と朔夜は笑顔を残して颯爽《さっそう》と去って行った。

かくして二組のカップルが、レンタルボートの列に並ぶことになった。

水面を滑る小舟の数々を指さして、結衣が声を弾ませる。

「あっ、見てよ小雪ちゃん！　スワンボートもあるよ！」

「ほんとだわ！　白鳥さん！」

滑るように泳ぐ真っ白な船体に、小雪は熱い眼差しを送る。

しかしすぐにふっと冷笑を浮かべ、長い髪をかき上げてみせた。

「白鳥さんがいいなんて、結衣ちゃんったら子供なのね。でもそんなに乗りたいって言うのなら合わせてあげなくもないわよ」

「あ、小雪ちゃんはあんまり好きじゃない？　じゃあ私たちがスワンボートに乗るねー。小雪ちゃんと直哉は普通のに――」

「っっ、白鳥さんが嫌だとは言ってないもん！」

きゃっきゃと戯《たわむ》れる女子ふたりである。結衣もずいぶん小雪の扱いに慣れたらしい。

そこでふと気付いたとばかりに結衣が携帯を取り出す。

「あっ、そうだ。委員長に写真を送らない？」

「え、でも恵美ちゃん今日は陸上部の大会じゃないの」

「だけど、さっきこっそり小雪ちゃんの私服写真を送ったらよろこんでたよ。『えっ、小雪ちゃんの私服姿⁉　大人びたスタイルでありながら、どこかあどけない純粋無垢《じゅんすいむく》さが醸《かも》し出されている！　さ、最高……！　さすがは小雪ちゃん、百点満点中ＳＳＳランクの美少女だよ！』だってさ」

「恵美ちゃんのツボが分からないし、結局それじゃあ何点か分からないし……」

「まあとにかく満足みたいだよ。おかげで県内ベスト記録は間違いないってさ。そういうわけで小雪ちゃん、ダブルデートの風景を一枚撮るよー。はいチーズ☆」

「わわわっ⁉　ち……チーズっ！」

結衣の自撮りに巻き込まれ、小雪はぎこちない笑顔でピースする。

もちろん、腕組みで拘束された巽と直哉もフレーム内に収まった。

小雪はワクワクと結衣の携帯画面をのぞき込む。

「ねえねえ、どんな感じ……って、うわっ」

花咲くような笑顔から一転、ぎょっと目を見張る。

そうして直哉のことを見上げるのだ。

「直哉くん、なんだか顔がすごいことになってない？　しかめっ面だし、尋常じゃないくらいに真っ赤だけど」

「い、いや、別に……」

その気遣《きづか》わしげな目から逃げるようにして、直哉はさっと顔を背《そむ》けた。

小雪の言う通り、直哉の顔は言い訳のできない真っ赤っかだ。

何しろ、先ほど腕組みされてからずっと放してもらえていないのだ。ドキドキが止まらない今の症状に、この触れ合いは非常に堪えた。

滅多に見せない反応だったせいか、小雪は訝しげに眉を寄せる。

「この前も様子がおかしかったし、やっぱり何か悩みでもあるの？　それとも体調が悪いとか？　無理しちゃダメなんだからね」

「そ、そんなことないって普通だよ、普通」

「でも今日はけっこうな暑さでしょ。油断して熱中症になったら大変じゃない」

小雪は自分のバッグからペットボトルを取り出して、それを直哉にずいっと差し伸べる。

「はい、さっき買ったお水。まだ冷えてるし、今のうちに飲んでおきなさいな」

「…………小雪、これ飲んだ？」

「うん？　さっき少しだけ飲んだけど、それがどうかしたの？」

きょとんと目を瞬かせる小雪である。

つまるところは間接キスだ。

もうすっかり慣れてしまったイベントでも、今の直哉には特別な意味を持った。

おのずと視線は小雪の唇に吸い寄せられて――ごくりと喉を鳴らしてから、そっとペットボトルを押し返す。震えた小声で、断りを入れることも忘れない。

「え、遠慮します……あと、できたら離れていただけると助かります……」

「なんで敬語？　本当に調子が悪いんじゃ……あっ」

首をかしげていた小雪だが、突然ハッと何かに気付く。

真っ赤に染まった直哉の顔をじーっとのぞき込んで、ぽつりと問う。

「まさかとは思うけど……直哉くん、照れてるの？」

「うぐっ……⁉」

「えっ、珍しいね。直哉が照れるなんてさ」

結衣もぱっと振り返ってニヤニヤと笑みを浮かべてみせる。

唯一、事情を知る巽は『うわー、やっぱり意識してら』という薄笑いを浮かべていたが、直哉は見て見ぬ振りを貫いた。

そこで結衣が直哉の肩をつついてくる。

「うりうり、直哉の幸せ者めー。小雪ちゃんとデートできてそんなに嬉しいんだー」

「う、嬉しくて当然だろ！　何か文句あるのか⁉」

「へえ、そうなの……ふーん」

あたふたする直哉に釣られてか、小雪もほんのりと顔を赤らめる。

いつもならそこで黙り込んだり、苦し紛れの憎まれ口が出るところだが、今日はそのパターンには収まらなかった。

小雪は頬を赤くしたまま、にんまりと口を三日月の形につり上げる。

「うふふ……いつもはやられっぱなしだし、たまにはこういうのもいいわね。ねえ、結衣ちゃん。今こそシャッターチャンスじゃない？　これも恵美ちゃんに送ってあげましょ」

「おおっ、ナイスアイディア！　小雪ちゃん、直哉にもっとくっ付いちゃって！」

「や、やめろ！　俺をさらし者にするんじゃない！」

休み明けの恵美佳から、生温かい眼差しを向けられることが容易《たやす》く想像できた。胃がキリキリする。

ともあれ小雪は結衣という味方がいるせいで、平時では考えられないくらいに大胆になっているらしい。非常にぐいぐいくる。

いつもなら嬉しいところだが……。

「ふふん、弄《もてあそ》ばれる私の気持ちをちょっとでも理解できたかしら。でも、急に照れるなんて変な直哉くんね。『本当はもっと近くに来たいんだろ？　遠慮せずくっついていいぞ、俺はいつでも大歓迎だからな』くらいのことは言いそうなものなのに」

「仕方ないだろ⁉　俺だってなあ、いつもならもっと平常心でいられるはずなんだよ……！」

「今日は違うの？　なんで？」

「いっ……色々あるんだよ！　男の子にはな！」

「ふーん、よく分かんないけど大変なのね？」

小雪はきょとんとしながらも、それ以上は追及しようとしなかった。

（ま、まずい……！　結衣たちの登場は計算外だったけど、この後の展開は読めるぞ……⁉）

小雪はこの通り、イチャイチャへの抵抗が薄れている。

一方で、直哉は先日の一件で耐性ゼロの状態だ。

このままダブルデートを進めればどうなるか。

（俺の身が持たない……！）

確実な死が、すぐ目の前にまで迫っていた。

だから直哉はすっと挙手して戦線離脱を目論《もくろ》むのだが――。

「あー……ごめん、俺ちょっと急用ができて――」

「あっ、もう次で私たちの順番だよ！　良かったねえ、小雪ちゃん。ちょうどスワンボートが一隻残ってるじゃん。譲ってあげるよ」

「ほんとに⁉　早く行きましょ、直哉くん！　うふふ、楽しみねえ」

「ソウデスネ……」

「まあなんだ、腹をくくって諦《あきら》めろ」

うなだれる直哉の肩を、巽がぽんっと叩いてみせた。

そのまま二組に分かれてボートに乗り込むことになる。

結衣と巽は普通の真っ白のボートに。

直哉たちは小雪が熱烈ご所望のスワンボートに決まった。

係員の指示に従って船内に足を踏み入れれば、中はそれなりの広さがあった。天井も高めだから、中腰になっても頭を打つことはないだろう。

しかし、座席は非常に狭かった。ふたりで座ればどう頑張っても肘が当たる。

デート中のカップルにとっては嬉し恥ずかしのシチュエーションだ。

しかし、今の直哉にとっては死地に等しい。

（いや、こうなったら仕方ない……！　俺の方からぐいぐい攻めて、小雪の動きを封じるしかない……！）

そうすれば、今みたいに攻められることはない……はずだった。

やけくそ気味の決意を燃やし、直哉はぐっと拳を握る。

自分でも何と戦っているのか分からなくなっていた。

「足漕ぎボートってやつね。ふふん、最初は私が漕ぐわ」

覚悟を決めた直哉とは対照的に、小雪はワクワク顔で運転席に腰を下ろす。

こうしてふたりの乗ったボートは静かに水面へと繰り出した。

ハンドルを意味もなくぐるぐる回してみたり、進行方向を指さし確認したりして、小雪は見るも分かりやすくご機嫌だ。

「動いたわ！　どうかしら、直哉くん。私の運転の腕前は！」

「お、おう。一流ドライバーだと思うよ」

直哉はぎこちない笑顔でよいしょしておく。

こうする間にも、暑さのせいばかりではない汗がこめかみをだらだらと流れていった。

(この後の展開は……絶対これだな)

今は上機嫌でも、そのうち『疲れた』と音を上げるはず。

そうなると直哉が運転を交代しなければならなくなる。

狭い船内だ。座席を替わるなんて一苦労するに決まっている。

そうなると当然、体が触れる。直哉の顔が赤くなる。小雪が恥ずかしさを覚えつつも、優位に立てた嬉しさでさらに体を近付けてきて——最終的なオチは直哉の完敗である。

(今のうちに仕掛けるしかない……！)

攻めて攻めて攻めまくり、小雪にボートを漕ぐ暇を与えない。

そうなれば小雪が疲れることもなく、運転を代わる必要もなくなってくる。

意を決し、直哉は攻撃に打って出るのだが——。

「な、なあ。小雪」

「なあに？」

「せっかくだしもっと——」

近付いてもいいか、と言うつもりだった。

自分から仕掛けるのは多少慣れても、直哉からのアプローチにはまだ耐性が付いていないはず。だからきっと、かえって距離を取ろうとする。そう予想しての攻勢だった。

しかし――。

「ちか……」

「えっ、何？　地下？」

直哉が半端《はんぱ》に口を開いたまま固まってしまったので、小雪は目を瞬かせる。

用意したはずの台詞《せりふ》が、一向に出てこなかった。

何しろ小雪の顔が近かったのだ。あと三十センチくらい顔を寄せれば、唇が触れてしまいそうなほどの距離である。

（い、言えるか……！　どうせやらないって分かってても『近くに来い』なんて言えるわけがねえ……！）

だらだらと滝のような汗を流す直哉を前に、小雪は首をかしげてみせる。

「ええ……どうしたの、直哉くん。顔真っ赤よ、やっぱりお水を飲みなさいって」

「そ、それは本当に勘弁してください……」

「さっきもそう言ってたけど……何よ、私のお水が飲めないってわけ？」

「面倒な上司みたいな絡み方をするなよな……」

ムッとする小雪に、直哉は力なくツッコミを入れるしかない。

しかし、それが本当に弱っているように見えたらしい。

ペダルを漕ぐ足を止め、小雪は首をひねる。

「変な直哉くんねえ。今日は暑いから、お水はちゃんと飲んだ方がいいと思うんだけど。ふう」

「っ⁉」

襟元《えりもと》をパタパタして風を送る小雪。

そのせいで、胸の谷間がちらりと見えた。ほんの少し、一瞬のことである。

たったそれだけで直哉は致命的なダメージを受けた。

この前はふたりでプールに行って、大胆な水着姿を網膜《もうまく》に焼き付けたばかりだというのに、デバフのかかった今突き付けられるチラリズムの威力は破壊的だった。

おまけに――。

「あっ、結衣ちゃんたちだわ。おーい！」

「へい彼女ー、イカしたボート乗ってんじゃーん」

「おいこら、あんまはしゃぐと落ちるぞ」

結衣たちのボートが近付いてくる。

そこで一際《ひときわ》強い風が吹き――。

がこっ‼

「きゃっ！」

「うわわ⁉」

「おっと」

結衣たちのボートが、スワンボートの脇腹《わきばら》に軽くぶつかった。

衝撃で落ちそうになる結衣を、巽が首根っこを捕まえて救出する。

「ほらな。言わんこっちゃない」

「ううう、ごめん……小雪ちゃんも大丈夫？　あれ、もしもーし、小雪ちゃーん」

結衣の声が水面を揺らす。

それに、小雪も直哉も返事をする余裕はなかった。

「あ、あわわ……ごっ、ごめ……なしゃい……」

直哉の胸に顔を埋めつつ、上目遣《うわめづか》いで小雪がか細い声をこぼす。

ボートが揺れた衝撃で直哉に抱きつく形になったのだ。

そして、これが今日一番の接近だった。

羞恥に潤んだ大きな瞳《ひとみ》も、真っ赤に染まった頬も、かすれた吐息がこぼれる唇も、何もかもが近い。汗とシャンプーが混じった、甘い匂いもする。触れた場所から火傷《やけど》しそうなほどの体温が伝わってくる。

そして、それらの五感情報は先日キスされたときに味わったものとほぼほぼ同質のもので

——直哉はすーっと静かに息を吐いた。

「小雪」

「へっ、な、なに……？」

小雪の肩に手を置いて、ゆっくりと体を起こす。

そうして、直哉は赤く染まった真顔で続けた。

「俺の完敗だ。あとは煮るも焼くも、好きにしてく……れ……」

「はい⁉　ちょっとちょっと直哉くん⁉」

それをきっちり言い切ることもできず、直哉は暑さとトキメキの相乗効果でダウンした。


それから三十分後。

池のすぐそばにある木陰のベンチで、直哉はうなだれながらため息をこぼす。

「し、死ぬかと思った……」

「あのシチュエーションが死因なら、ダーウィン賞間違いなしだったね、お義兄様」

正面のベンチで巨大ソフトクリームを平らげる朔夜が淡々とツッコミを入れた。

その隣に座る桐彦も頬に手を当てて感嘆の声を上げる。

「本当によく耐えたと思うわ。さっきの小雪ちゃんは介抱すると見せかけて、トドメを刺しにかかっていたもの」

「うちのお姉ちゃんの無自覚天然ぶりは最強ですから」

「たしかに自分でもファインプレーだと思いますけどね……」

手にしたペットボトルをあおり、すっかりぬるくなった水を一気に流し込んだ。

ボートで直哉がぶっ倒れて、小雪はひどく消沈していた。

『様子が変だったのに、無理矢理付き合わせた私の責任だわ……だから……私が誠心誠意看病してあげなきゃ！』

そして意気消沈からやる気を燃やすまでが、やたらと早かった。

こうして小雪は倒れた直哉に甲斐甲斐しく世話を焼いた。

水を飲まそうとしてきたり、膝枕《ひざまくら》をしたり、ソフトクリームを『あーん』と食べさせようとしたり——どれも経験済みで慣れたはずのイベントだったが、今の直哉には非常によく効いた。

結衣が小雪を誘って、フリーマーケットを見に行ってくれたので、ようやく解放された次第である。

空になったペットボトルを目の前にかざして、直哉はため息をこぼす。

(結局、押し切られて間接キスもしちゃったしな……)

小雪の飲みかけのミネラルウォーターは、やたらと甘く感じられた。

感慨に浸る直哉の肩を、背後から巽がばしばしと叩いてくる。

「くくく、これじゃあ前途多難だなあ、直哉。今日は白金さんに完敗だもんな」

「巽……」

そのニヤニヤ笑顔を振り返ってから、直哉はゆっくりとかぶりを振る。

「いや……俺は負けてなんかいないぞ、巽」

「はあ？　これはどう見たっておまえの負けだろ。なあ、朔夜ちゃん」

「うん。今日のお義兄様は手も足も出なかった」

「まな板の鯉ってやつだったわよねえ」

うんうんとうなずき合う朔夜と桐彦。

みなの言う通り、直哉は完膚なきまでにノックアウトされたので、そこだけ見れば完敗と言わざるを得ないだろう。

それは直哉自身も認めているがふっと薄い笑みを浮かべてみせる。

「たしかに俺は小雪のアタックになす術もなかった。でもそのおかげで……イチャイチャにはある程度慣れることができたんだ！」

襲い来るラブコメイベントの数々は凄《すさ》まじい威力を秘めていた。

つまりそれらの荒療治《あらりょうじ》が効いて、以前までの調子が戻ったのだ。

もしくは、一回死んでリセットされたのかもしれない。それはともかくとして――。

「今の俺は万全だ！　なにしろ小雪とキスする場面を想像しても、これまでの半分くらいのドキドキで済んでいるからなあ！」

「屋外で何を叫んでいるの、お義兄様」

「他人のふりをしてえ……」

「もう手遅れよ。諦めなさい」

通りかかったカップルたちが微笑ましそうな目を向ける。

そんなくすぐったい視線も、本調子を取り戻した直哉には屁《へ》でもない。

直哉は頬をぱちんと叩いて立ち上がる。

「よし、計画は一歩前進。次はこっちがぐいぐいいく番だ！」

小雪から告白のＯＫをもらって、もう一度ちゃんとキスをする。

その偉大なるプロジェクトがついに幕を開けた。

「覚悟しろよ、こゆ……き……」

「うん？　どうしたの、お義兄様」

威勢のいい直哉の宣言が突然尻《しり》すぼみになり、朔夜たちは首をかしげる。

先に気付いたのは巽だった。凍り付いた直哉の視線をたどって声を上げる。

「お、結衣たちが帰ってきたのか。ほんっと無駄に視力いいよなあ、おまえ」

大通りのはるか先、小雪と結衣が並んで歩いていた。

巽たちからすれば小指ほどの大きさにしか見えないだろう。

だがしかし、直哉は視力がいい。ふたりの唇の動きすら確認できて、どんな話をしているのかがよーく分かった。いわく――。

「で、いつになったら直哉に告白ＯＫするつもり？」

「ぶふっ⁉」

結衣が突然投げた剛速球によって、小雪は大きくむせ込んだ。

呼吸を落ち着けてから結衣に恨みがましい目を向ける。

「きゅ、急に何の話なの……」

「え、だって気になるんだもん。今日だってあんなにイチャイチャしてたんだし、そろそろ年貢の納め時じゃない？」

「ううう……た、たしかにそうかもしれないけど……」

結衣のまっすぐな目から逃げるようにして、小雪は視線をあちこちにさまよわせる。

しかしやがて観念したように肩を落とし、ぽつぽつと続けた。

「まだちょっと、勇気が出なくて……そもそも自分から言うのって難易度が高いし……」

「じゃあ、直哉からもう一回告白されたらＯＫしちゃうかも？」

「うっ……そ、それは……」

小雪の顔が真っ赤に染まる。

しばしあーだのうーだのうめき声をこぼしてから、蚊《か》の鳴くような小声で――。

「もうちょっとしたら……『うん』って言えるかも……」

「そっかそっかー！　偉いねえ小雪ちゃんは！」

「きゃうっ⁉」

肩に腕を回し、結衣は小雪の頭をわしゃわしゃと撫で回した。

小雪の耳元でくすくすと笑いながら告げる。

「そうなったときは直哉のことよろしくね。あいつ、なんだかんだでいい奴《やつ》だからさ」

「……知ってるわよ」

小雪は頬を赤らめながら、小さくうなずいてみせた。

そこでふたりの会話が終わっていれば、直哉がやる気をさらに燃やすだけで終わっていた。

だがしかし、結衣がにまにまと笑いながら続けた台詞が決定的な展開を招いた。

「うふふ、いざ付き合いだしたら爆速で進展したりするかもね。告白ＯＫ即日でファーストキスまで行ったりして」

「えええっ⁉　き、キスですって……！」

その単語を口にした途端、小雪の顔から勢いよく湯気が出た。

結衣から飛び退いてぶんぶんと首を横に振る。

「腕組みならまだしもキスなんて……そんなの無理に決まってるじゃない！　できるはずないでしょ！」

「えー。意外といけるかもしれないじゃん。小雪ちゃんからキスしてあげたら、直哉も喜ぶと思うけどなあ」

「絶対泣いて喜ぶとは思うけどぉ……！」

小雪はキッと目をつり上げて、堂々と——。

「キスなんて私たちにはまだ早いの！　絶対にダメっ！」

そんな宣言をしてみせたのだ。

そのまま頬を膨らませてぷいっとそっぽを向いてしまう。

「もう！　結衣ちゃんの意地悪！」

「あはは、ごめんごめん。いやでも、直哉の気持ちが分かるなあ……小雪ちゃんをいじめると、たしかにちょっと癖《くせ》になりそうだもん」

「やめてくれる⁉　あの人がふたりもいるなんて嫌なんだけど！」

「えぇー、どうしようかなー」

女子ふたりはきゃっきゃとはしゃぎながらこちらに向かってくる。

その一部始終を、直哉はばっちり目撃してしまったのだ。

「………………」

「ちょっとちょっと笹原くん。大丈夫？」

「お義兄様。虚無を通り越して、悟りを開いた仏様みたいな顔になってるよ」

三人から気を遣われつつも、直哉はフリーズしたままだった。

本当は今すぐ小雪のもとに駆け寄って、肩を摑んで揺さぶって『俺たちはもうファーストキスを経験済みなんだよ！』と叫びたいところであったが、硬直していたのが功を奏した。

凍り付いた直哉の肩を、巽がぽんっと叩く。

「ま、結衣たちが何の話をしてるかは分かんねーけどよ。今日がおまえの完敗だってことだけは分かるぞ」

「そう、みたいだな……」

直哉はたった一言絞り出し、素直にそれを認めた。認めざるを得なかった。

二章　もふもふの修羅場

公園デートを経て、直哉《なおや》はひとまずいつもの調子を取り戻すことができた。

あとは告白ＯＫをもらって、キスを成し遂げれば計画達成だ。

だがしかし、そこに至るには下準備が必要で――そのためにこの日、直哉は白金《しろがね》邸を訪れていた。小雪《こゆき》の部屋に通されて、頬《ほお》をかいて笑う。

「ごめんな、お邪魔させてもらって」

「まったく仕方ないわね。そのかわり、おもてなしなんて期待しないでちょうだいね」

小雪はつーんと澄《す》ましつつ、ローテーブルに紅茶のカップを並べていく。

縁が金で飾られているような、立派なティーセットだ。

一緒に出してくれたお茶菓子もデパ地下で売られているような上等なものだし、何より小雪自身がびしっとよそ行きの服で決めている。髪を飾るリボンも細かな刺繡《ししゅう》が入っており、窓から差し込む陽光を受けてキラキラと輝いていた。

口ぶりは冷たいが、目の前に広がるのは十分なおもてなしだ。

お茶の準備を進めていた小雪だが、ふと眉《まゆ》を寄せて直哉を見やる。

「なあに、じろじろ見て。私の顔になにかついてる？」

「いや、小雪は今日も可愛《かわい》いなーって思ってさ」

「はいはい、いつもいつもそればっかり。あなたも飽きないものね」

さらっと流す小雪だが、声は上ずっていたし、頬にも赤みが差す。

そんな彼女のことを直哉はなおもじーっと見つめた。

あごに手を当てて、目を細める。

（好感度は……やっぱりどこからどう見ても九十九ってところかな。まだ百には届かないか）

直哉は人の心が読める。

それはもちろん、相手が直哉に対して抱く好感度も例外ではない。

以前、小雪の父ハワードに使ったそのスキルでもってして、今回小雪の好感度を計ってみたというわけだ。そして結果はこの通り。上限間近の九十九だ。

普通はこの数値でもかなりのものである。

直哉の経験上、どんなラブラブなカップルでも、互いに好感度が九十を超えていることはまずない。誰《だれ》しも必ずや、どこかしらパートナーに不満を持つからだ。

だがしかし、小雪は直哉に対する不満もひっくるめて大好きなので九十九という高い数値を記録していた。本人に指摘したら、しどろもどろで否定するだろうが。

（普通なら好感度が九十九もあれば、余裕で告白ＯＫをもらえるはずだけど……相手は小雪だ。

念には念を入れて、カンストまで持っていかないと）

百に達すれば、告白ＯＫは確実だろう。

だがしかし、そのあと一ポイントが難関だった。

すでに小雪は直哉のことが大好きだ。それは疑いようもない事実だが、そこからもっと好きになってもらうのはなかなか至難の業である。テストで九十九点が取れても、百点満点を取るのは案外難しい。

（あと一押し……今日ここで、何か仕掛けることができればいいんだけど）

今日は告白ＯＫをもらう下準備として、直哉はこの白金邸にやってきたのだ。

とはいえ表向きの理由は違っていた。

ローテーブルを挟んで直哉の正面に腰を下ろし、小雪は意外そうに目を丸くする。

「あら、真剣な顔ね。そんなに今日の勉強会が楽しみだったの？」

「あ、ああうん。そうそう。そんな感じ。もうやる気満々」

「ふうん、でもやっぱり意外よねえ……よいしょっと」

そう言って、小雪はテーブルの上に教科書の山を積み上げた。

さらに筆記用具やノートを並べれば、あっという間におうちデートから勉強会の空気に変わってしまう。

小雪はどこかウキウキと言う。

「ふふ、テスト勉強を見て欲しいって言われたときはびっくりしたわ。直哉くんってば、定期テストに燃えるタイプには見えなかったんだもの」

「あはは。俺《おれ》だってたまにはな」

直哉がこうして小雪の家に来た表向きの理由は他でもない。

一学期の期末テストが間近に迫る中、対策勉強会を執り行うためだった。

小雪に頼み込むとすぐに了承してくれた。

「テストはそこそこ点数が取れるタイプだけどさ。この機会に、苦手を克服しておこうかと思ってさ」

「ふうん、いい心がけだわ。この私、学年一位の秀才に頼るのもナイス判断よ」

小雪は倒れそうなほどに胸を張ってふんぞり返る。

直哉から頼られて心底嬉《うれ》しいらしい。びしっと人差し指を突きつけて、居丈高《いたけだか》に続ける。

「勉強を教えるだけじゃなくて、さらに部屋まで提供してあげるんだから。半端《はんぱ》な点数なんて取ったら許さないわよ。死ぬ気で励みなさい」

「もちろん。精一杯頑張るよ」

直哉の家は表の道路が工事中で、今の時期は図書館も混んでいる。

そういうわけでまんまと白金邸にお邪魔できたわけである。

小雪にならって勉強道具を取り出しつつ、直哉はこっそりとほくそ笑む。

（名目はテスト勉強だけど……本当の目的は、ここでもう一押し仕掛けることだ！）

そんな決意を抱く直哉をよそに、小雪は鼻歌交じりにノートを開く。

「ふふ、直哉くんが一緒なら、いつも憂鬱《ゆううつ》なテスト勉強もちょっとはマシよね」

あらゆる学生にとって、試験は悪魔そのものだ。

部活は休止になるし、遊ぶ時間も削られる。

憂鬱《ゆううつ》になって当然のイベントだが――それは普通の生徒にとっての話だ。

直哉は肩をすくめて笑う。

「小雪ほど成績優秀なら、もっと気楽に構えても良さそうなもんなのになあ。教科書を読んだだけで、だいたい理解できるタイプの人間だろ？」

「その通りよ。でも、トップの座は誰にも渡したくないから油断はしないの」

小雪は本気の目で直哉を睨《にら》む。

入学以来学年一位を譲ったことのない才女様は、相当な負けず嫌いなのである。

険しい顔であごに手を当て、ぶつぶつとこぼす。

「ただ、中間テストはけっこうギリギリだったのよね……それもこれも、直哉くんと出会ったせいだわ。あなたが夜中に電話してきたり、休みの日に遊びに誘ったりするから勉強の時間が足りていないのよ」

「あはは、照れるなあ。『直哉くんのことを考えていたらドキドキしちゃって、勉強なんて手につくはずがないわ……！』だなんて」

「それもほんのちょびっとだけあるにはあるけど……さっきの台詞《せりふ》もわりかし本気だってことも、直哉くんなら分かるはずよね？」

「もちろん分かるけど、その部分はスルーさせてもらった」

「都合のいい読心術だこと……」

ちっ、と舌打ちする小雪である。

「ともかく私も勉強するわ。分からないところがあったら言ってちょうだい、約束通り教えてあげるから」

「悪いなあ。勉強の邪魔にならないようにするからよろしく」

「ふふん、かまわないわよ。弱者に施すのも、恵まれた者の責務ですものね……って、何で私の方に近付いてくるわけ？」

「えっ、いや。『教えて欲しかったら私の足を舐《な》めて懇願することね』って言われるだろうから、先にノルマをクリアしとこうかと」

「会話を先回りするんじゃないわよ！　あと、そんなの絶対言わないし！　あなたなら本気でやるってもう分かってるんだから！　しっしっ！」

「はーい」

本気で追い返されてしまい、直哉は元の位置に大人しく戻っていった。

「まったくもう。それじゃ、始めていくんだけど……」

小雪はペンを取ってから、すこしだけ口ごもる。

勉強に手を付けるのが億劫《おっくう》……なのではない。

やがて直哉のことを上目遣《うわめづか》いに見やって、ぼそぼそと小声で言うことには――。

「えっと、その……実はうち……今、家族が誰もいないの」

「あ、はい。存じ上げております」

父親のハワードは海外出張中だし、母親の美空《みそら》は近所の奥様方とお茶会。朔夜《さくや》も今日は友達たちと勉強会に励むらしい。

そんなことくらい、この家に来てすぐ察していた。

直哉のことを好きすぎる家族が、誰も出迎えに来なかったのだから。

(好きな子の部屋でふたりっきり、かあ……)

これはもう、何が起こってもおかしくないシチュエーションである。

小雪は顔を真《ま》っ赤《か》に染めて勢いよくまくし立ててくる。

「でもでも、だからってそういうのは絶対ナシだから！　ちゃんと勉強するの！　分かった⁉」

「はいはい。分かった分かった」

その『そういうの』とは何を指すのか。

詳しく聞いてみたかったものの、そこはぐっと堪《こら》えておいた。

(小雪はこう言うけど、間違いなくワンチャンあるよな！　そのために今日まで頑張ってリハビリを続けてきたんだからな……！)

膝《ひざ》の上で、ぐっと拳《こぶし》を握る直哉だった。

先日の公園ダブルデートで、直哉はいつもの調子を取り戻した。

しかし直哉はそこで満足しなかった。どんな場面でも固まらずに動けるように、あれからもイチャイチャへのリハビリを続けていたのだ。

隣り合って座るときにわざと肘が触れるくらいまで近付いてみたり、飲み物の回し飲みを積極的に持ちかけてみたり。

あまりに直哉がくっつこうとするものだから、小雪が赤面を通り越して「どうしたの、直哉くん。そんなに私にかまってほしいのかしら？」なんてドヤ顔で煽《あお》ってきたくらいだ。仕返しに「ああそうだ、かまえ！」と全力で迫って半泣きにさせてしまった。それはともかく。

(おかげで間接キスにも……まあ今でも多少は意識するけど、ちょっとは慣れた！　これならいつも通り小雪にぐいぐいいけるはず！　好感度百達成もきっと可能だ！)

告白の成功を確実なものにするため、ぐいぐい迫って好感度を上げる。

本日の目標を強く心に刻み、直哉はひとまず教科書を開いておいた。

勉強会で一瞬でも甘い空気を察知した場合、すぐに動けるように心構えをして。

しかし、その目論見《もくろみ》はあっという間に崩れ去ることとなる。

いつの間にやら、勉強を開始して一時間が経過していて——正面に座った小雪が、きらんと目を光らせて直哉のノートをシャーペンで示す。

「それじゃあ直哉くん、問題よ。この数値を代入する公式は？」

「これ……ですかね」

「正解よ。あとはさっきやった基礎問題のパターン。早く続けて」

「はい……」

直哉は言われた通りの計算をのろのろと進める。

ちらりと顔を上げて小雪の様子をうかがえば、英語の文法問題集をざかざかと解いていた。

その目は真剣そのもので、刀を抜いた侍を思わせる。

(甘い空気に全っっ然ならねえっ……！)

小雪は完全に勉強モードだ。

そこに水を差そうものなら、まず間違いなく絶対零度《れいど》の視線が飛んでくる。

直哉の読心スキルをもってしても、まるで隙が見当たらなかった。

一応、直哉が質問を投げればきちんと答えてはくれるのだが、そこまでだ。ぴしっとしたスーツに身を包み、指示棒を手にした小雪の姿が脳裏に浮かぶ。

(この女教師モードもそそるっちゃそそるけど、今日の目的は好感度アップだ……どうにか空気を変えないとな)

かと言って、自分から小雪の勉強を邪魔するのははばかられた。

打開策も見当たらず、ため息交じりに次の問題へとペンを進める――そんな折だった。

無人のはずの廊下から、かすかな物音がした。

それはまさに空気が変わるきっかけで――。

「なうー」

「あら、すーちゃん?」

取っ手にぶら下がり、扉を開けて入ってくるのは一匹の猫だった。

白金家の飼い猫――すなぎもである。ふわふわと真っ白な身体は大きくて、目付きはとても鋭い。おまけにやたらと賢くて、ドアを開けることくらい朝飯前だ。

溺愛《できあい》している飼い猫を前にして、小雪がぱっと顔を輝かせる。

「私の勉強を応援しにきてくれたのね、すーちゃん! ほら、こっちにいらっしゃいな」

「なーん?」

眠たげな顔のまま、すなぎもは飼い主とその客人をじっと見つめる。

その鋭い眼光に、直哉は息が詰まってしまう。

(うっ……なんだ? 邪心を見透かされてるみたいだ……)

しかし、すなぎもはすぐに大きなあくびを一つしてとことこと歩いてくる。

ほっと胸を撫《な》で下ろしたものの、直哉に予想外の事態が降りかかった。

「なうなーん」

「なあっ⁉」

「へ？」

両手を広げた飼い主をガン無視して――あぐらをかいた直哉の膝に、そのままどしんと寝転がったのだ。小雪は目を剝《む》いて慌てふためく。

「なんですーちゃんが直哉くんのところに行くのよ⁉」

「い、いや、そんなこと俺に言われましても……」

恋人を寝取った泥棒猫を見るような目で小雪に睨まれ、直哉はたじろぐしかない。

相手は意中の男の子だし、嫉妬《しっと》の対象は飼い猫だしで、いろんな意味でツッコミどころ満載ではあったが、それを口にできる空気でもなかった。

(すなぎものおかげで空気は変わったけど、ちょっと思ってたのと違うな……？)

勉強モードはひとまず終息したが、甘い空気とは言いがたい。どちらかと言えば修羅場の気配が濃厚だ。

ひとまず小雪を宥《なだ》めるべく、直哉は苦笑いを返す。

「いやほら、お客さんが珍しいんだろ。俺が帰ったら小雪のところに行くって」

「それでもよ。すーちゃんが私のことを素通りして、他の人に行くなんて滅多にないんだから」

「まあたしかに、いつもは小雪のところに行くよなあ……」

白金邸にはよく遊びに来るが、いつもすなぎもは小雪のそばでくつろいでいた。

どうやら家族の中で小雪を一番慕《した》っているらしい。直哉のことも気に入っていたようだが、優先順位はあからさまに小雪が上だった。

だからこそ、今日の珍しい行動が気になるのだろう。

小雪はじとーっとした目で、直哉と、その膝の上でくつろぐすなぎものことを見つめてくる。突き刺すような視線が痛い。

「まさか直哉くん、服の中にマタタビとかおやつとか仕込んでないわよね」

「してないっての。小雪に効いて今以上にメロメロになってくれるなら考えたけど、猫の気を引いても仕方ないだろ」

「ふうん、それじゃあ一体どうしてなのかしらね」

「渾身《こんしん》のボケをスルーされた……で、でも猫って気まぐれだって言うし。深い意味はないいんじゃないかな」

「本当にそうかしら。これがいわゆるＮＴＲってやつなのかも……」

「珍しく、朔夜ちゃんから教わったろくでもない単語を使いこなしているし……」

神妙な面持ちで言われてしまえば、直哉は半笑いになるしかない。

しかしそこでふと衝撃的な事実に気付き、さっと顔が青ざめる。

（ちょ、ちょっと待て……？　小雪の好感度……なんか下がってないか⁉）

先ほど観測したときは九十九という高い数値だった。

それが今では――直哉はちょっと改まって、おずおずと問いかける。

「小雪……今の俺のことどう思ってる？」

「どうって……泥棒猫？」

小雪はむすっとした真顔できっぱりと答えてみせた。

その言葉は本気も本気だし、好感度も九十ほどに下がっている。

直哉は雷に打たれたようなショックを受けた。

（嘘《うそ》だろ下がってる⁉　飼い猫を取られたくらいで……って、小雪けっこう心狭いし納得だな⁉）

わりかし失礼なことを胸の中で叫びつつ、直哉はだらだらと滝のような汗を流す。

（まずい……！　このままじゃ好感度百達成なんて夢のまた夢だ……！　なんとかしないと……！）

そういうわけで、慌てて軌道修正を図ることにした。

そもそもここに来たのは修羅場を繰り広げるためではない。

目的は小雪とイチャイチャして好感度を上げるためだ。飼い猫を巡って修羅場を演じるためでは決してない。

だからそれとなーく、本題に戻そうとするのだが――。

「まあまあ。すなぎもは置いといて、とりあえず勉強を――」

「なう！」

それを遮《さえぎ》るようにして、すなぎもが高らかに鳴いた。

見下ろせば直哉の膝の上で腹を出し、じーっと真顔で見つめている。飼い主に似て、眼力がすごい。

「えっ、何……？」

「お腹《なか》を撫でろって言ってるのよ」

「こ、こうですかね……？」

「なーん♪」

もふもふのお腹を恐る恐る撫でると、すなぎもはゴロゴロと喉《のど》を鳴らして目を細める。

どうやらお気に召したらしい。

「おお……さすがは飼い主。言いたいことが分かるんだなあ」

「逆に、直哉くんは分からないの？　あなたなら余裕だと思ったんだけど」

「動物の気持ちまで読めるわけないだろ。そこまで人間をやめてないっての」

直哉は笑い飛ばすものの、そこでふっと遠くを見つめる。

「ただ、親父は別だな……昔、着の身着のまま砂漠に放り出されたとき、偶然通りかかったはぐれラクダに頼み込んで、オアシスまで送ってもらったことがあるとか言ってたし」

「う、噂のお父様ね……なんだって砂漠に放り出されたわけ？」

「成り行きで関《かか》わった、武器密輸組織に殺されかけたんだと。まあ砂漠を抜けた後で組織を壊滅させて、ひとり残らずお縄に付けたとかなんとか……」

「ツッコミどころしかないから、とりあえずそのエピソードはスルーさせてもらうわよ」

「うん、それでいいと思う。俺も深くは聞かなかったしな」

ふたりはしみじみとうなずき合った。

父親の謎面白《なぞおもしろ》エピソードならごまんとあるが、今はそれを披露している場合ではない。

小雪はふうっとため息をこぼし、テーブルの上に指で『の』の字を書く。

「でも、すーちゃんがお腹を撫でさせるなんて、よっぽど機嫌のいいときしかしないのに……やっぱり私、愛想を尽かされたんだわ……」

「ええ……そんなはずないだろ。悪く考えすぎだって」

「いいえ、そうに違いないんだから。この前転んで大好物の缶詰をひっくり返しちゃった上に、お気に入りの猫じゃらしを踏んで壊しちゃったことを根に持っているんだわ……」

「わりかしやらかしてるな、飼い主……あっ」

慰めようとするものの、直哉はハッとする。

引き続きお腹を撫でていたすなぎもが、飼い主にじとーっとした目を向けていたからだ。

「分かった。小雪、最近特にすなぎもを構いすぎただろ。それでよそよそしいんだよ」

「えええっ⁉　そ、そんなことないし！　普通だし！」

「いや、すなぎもの目を見てみろ」

脇《わき》の下《した》に手を入れてすなぎもを持ち上げ、小雪の前にかざしてみせる。

「この目は『このところずーっと四六時中、直哉とかいう人間の惚気《のろけ》を聞かされ続けてさすがに飽きた』って言ってる目だぞ」

「うぐっ……！　動物の心は分かんないとか言ってたくせに、結局分かるんじゃない！」

「なーん」

真っ赤になって悲鳴を上げる小雪をよそに、すなぎもが肯定としか取れない相槌《あいづち》を打ってみせた。

どうやらこのところ直哉との仲がじっくり進展していたせいで、それを全部すなぎもにぶつけていたらしい。多分、この家で一番ふたりの進展具合を知っているのは彼女だろう。

ともあれ衝撃の事実を知り、小雪はあからさまにガーンと蒼白《そうはく》になる。

「そんな……すーちゃんったら喜んで聞いてくれてると思っていたのに……本当は嫌だったのね……ううう……気付けなかったなんて飼い主失格だわ……」

「ちなみにどれくらいの時間、惚気《のろけ》を聞かせてたんだよ」

「えっ、そこまで長くないわよ。お風呂《ふろ》を出てから寝るまでの一時間くらい？」

小雪は非難されて心外だとばかりに眉を寄せる。

たしかにその程度なら些細《ささい》なことだろう。しかし、直哉は一応質問を重ねておく。

「……それを毎日？」

「………毎日してたわね。一日家にいるときはずっとだったかも」

神妙な顔でうなずく小雪だった。

そうなると、累積のろけ時間はかなりのものになるだろう。

改めてすなぎもの心労が察せられた。膝の上でボールのように丸くなったすなぎもを、直哉は優しく撫でる。

「ごめんな、すなぎも……俺たちのイチャイチャに巻き込んじゃって」

「なーん、なう、なん」

「うんうん、そうかそうか。許してくれるのか、すなぎもは猫ができてるなあ」

「心を通わせないでくれる⁉　すーちゃんはうちの子なのよ⁉」

和やかに語り合うふたりを前にして、小雪はギリギリと唇を噛《か》んで悔しがった。

しかしそうしても飼い猫の気を引けないと悟ったのか、しょぼくれた顔をクッションに埋めてごろんと横になってしまう。

「だってだって仕方ないでしょ……朔夜とか結衣ちゃんに全部話すのは恥ずかしすぎるし、かといって一人で抱えてるのも厳しいし……すーちゃんなら誰にも言わないからちょうどいいと思ったんだもん……」

「だったら当事者の俺に直接言ってくれた方が良かったんじゃないかなあ」

「はあ⁉　嫌に決まってるでしょ！　どんなときにドキドキしたとか、嬉しかったとか、そんなこと言えるわけないでしょ！」

「言わなくても俺なら分かるけど？」

「だから改めて言いたくないのよ！」

そういうわけで、色々なことをつぶさに語って聞かせたらしい。

（そりゃ、猫でも食傷気味になるよなあ……）

直哉は半笑いで目をそらすしかない。

一方、小雪は反省したらしい。直哉の膝に鎮座するすなぎもの顔をのぞきこみ、目線を合わせて平身低頭《へいしんていとう》する。

「ごめんなさいね、すーちゃん。これからは三十分内で終わるようにするから許してくれる……？」

「あ、惚気をやめるとかいう選択肢はないんだな」

「なーん……」

すなぎもは飼い主のことを半目でじーっと見つめる。

そうしてゆっくりと立ち上がったので、小雪の顔がぱあっと輝くのだが――。

「なーう、なうなうなん」

「わっ、こらこら。ざりざりして痛いっての」

「がーーん……！」

すなぎもは飼い主には目もくれず、直哉の頰をぺろぺろと舐め始めた。

そのせいで小雪は鬼の形相になってしまう。せめてもの憂さ晴らしなのか、ぺしぺしと直哉の肩を叩《たた》いてくる始末。

「ふんだ！　あなた、お客様でラッキーだったわね……！　そうじゃなきゃ今ごろこの私にボコボコのギッタギタにされてボロボロになってたはずなんだから！」

「客に言う台詞じゃないと思うんだよなあ」

叩く力は弱いが、殺意はとてもまっすぐだった。

おまけに、また好感度が下がった。

（八十五かあ……穴の空いたバケツみたいに、好感度がどんどん減ってくな……）

これでもまだかなり好意を抱いた状態ではあるが、告白の返事など期待できるはずはない。

直哉はため息をこぼし、なおも顔を舐め続けるすなぎものことを引き剝《は》がして膝に乗せる。

「仕方ない……俺がすなぎもとの仲を取り持つよ。ふたりの関係を修復するぞ」

「ほ、ほんとに協力してくれるの……？　そう言って本当は、寝取られた私のことをあざ笑う気なんじゃ……」

「そんなことしません。なぜなら俺は小雪の味方だからです」

「その味方のお膝の上で、すーちゃんがすやすや眠りはじめているんだけど……」

直哉のことを小雪はヒリつくようなジト目で睨む。

しかし、やがて気を取り直したのかぐっと拳を握ってみせた。

「でも、人間関係修復のプロが味方だって言うのなら心強いわね。私、恵美ちゃんのときみたいに、すーちゃんともう一度仲良くなってみせる！」

「その意気だ！　頑張れ小雪！　それで、俺はけっして間男なんかじゃないってことを分かってくれよな！」

こうして、関係修繕プログラムが急遽《きゅうきょ》実施されることとなった。

（まあ、賢いって言ってもしょせんは猫だし。なんとかなるだろ）

直哉は軽く考えていたものの……落とすべき砦《とりで》がひどく堅牢《けんろう》だということをすぐに知った。

最初の作戦は『おやつで釣る』だった。

それを提案すると、小雪が思いっきり眉を寄せた。

「ええぇ……ベタすぎない？　ほんとに大丈夫？」

「でも、ベタってのは普遍的に効果が期待できるからだろ。ペットの機嫌を取るにはやっぱこれじゃないかなあ」

「たしかにねえ。それじゃ、たしかあれがあったはずで……」

小雪は真剣にうなずいてから、机の引き出しをごそごそと漁《あさ》る。

やがて取り出したのは、細長いパウチに入った有名液状おやつである。

その封を開けると、直哉の膝で鏡餅のように丸くなっていたすなぎもが、ぴくりと耳を動かした。どうやら匂《にお》いに釣られたらしい。

「よーしっ。ほら、すーちゃん。大好きなおやつよ～」

小雪は満面の笑みでパウチをひらひらさせる。

すなぎもはそれを見るやいなや――。

「なんっ♡」

ぴょんっと飛び出して、小雪の元まで一直線だった。

必死になっておやつを食べるすなぎもに、小雪は目を輝かせる。

「わあっ、食べてくれたわ！　見て見て、直哉くん！　すーちゃんが私の手からおやつを食べてるのよ！　すごいでしょ！」

「おめでとう。でも、猫初心者みたいな感想だな」

「ふふん、なんとでも言いなさい。しょせんあなたは浮気《うわき》相手。すーちゃんが本当に大好きなのはこの私なんだから！」

「はいはい、よかったなー……うん？」

「なーん」

食べ終わったすなぎもが、満足げに鳴いて口の周りをぺろりと舐めた。

そのままくるっと方向転換して、元通り直哉の膝で丸くなる。

「なう！」

「あ、はい。よかったな」

見上げて放たれた一声は『いいものを食べてきたぞ』という自慢に聞こえた。

そのせいで、また小雪がガーンと落ち込む。

「また分かり合ってるし……！　おやつが終わったら私なんて用済みだってこと⁉」

「た、たまたまだって！　次の作戦できっと飼い主にメロメロになるから！　なっ⁉」

慌てて宥《なで》めたものの、小雪の好感度はとうとう七十台にまで下がってしまったし、すなぎもからは『早く撫でろ』と袖《そで》を引かれつつのことだったので非常に胃が痛かった。

それからもふたりは知恵を絞り、すなぎもの気を引く策を次々と打ち出していった。

おもちゃで遊びに誘ってみたり――。

「見て見てすーちゃん！　新品の猫じゃらしよ！　ほらほら～！」

「包装のビニールの方が食いつきいいなあ……」

「ななななん！」

敢《あ》えて距離を取って、気のないそぶりをしてみたり――。

「あの、すなぎもさん……俺の手を延々甘嚙《が》みしてないで、飼い主の方に行ったらどうっすかね」

「んなな？」

「全っ然こっちを見もしないし……！」

やけになった小雪が、猫耳カチューシャを装備して迫ってみたり――。

「すなぎもちゃん、初めましてにゃ～！　仲良くしてほしいにゃ～！」

「しゃーーーっ！」

「可愛い……可愛いけど可哀想《かわいそう》すぎる……」

様々な作戦を繰り出してはみたものの、結局どれも効果なしで。

一時間後。

「ううう っ……なんで、なんで振り向いてくれないのよぉ……！」

猫耳カチューシャ、肉球手袋、猫の尻尾《しっぽ》を装備した小雪が、部屋の隅で転がることとなった。

朔夜の部屋から取ってきたというコスプレグッズは非常に似合っているものの、全体的に哀《あい》愁《しゅう》が漂っているので鑑賞している場合ではない。

「ここまで動じないと、いっそ武士の貫禄を感じるなあ……」

「なーう」

依然として、すなぎもは直哉の膝の上だ。

飼い主の奇行に最初は驚いていたものの、無害だと判断したのかすぐに完全無視を決め込んでしまった。

よろよろと起き上がった小雪は、直哉のことを宿敵でも見るような目で睨む。

「ちょっと直哉くん！　協力してくれるはずじゃなかったの⁉　すーちゃんの考えてることが分かるんなら、もっと的確な策を出してよね！」

「いや、さっきのは小雪の様子でなんとなく分かっただけだし……すなぎも本人の気持ちはそこまで明確に読めないって」

なんとなく、固い意志のようなものは感じられる。

だが、そこまでだ。その意志を覆すような方策はまるで見えてこなかった。

そう素直に打ち明けると、小雪はますますしょぼくれた顔でうなだれる。

「そんなあ……このますーちゃんに嫌われたままだったらどうしよう……」

「小雪……」

思い詰める小雪を見ていると、直哉はひどく胸が痛んだ。

依然として直哉に対する好感度は下がったままだ。

しかし、それよりも小雪が苦しんでいることの方がずっと直哉の心に刺さった。

(小雪がこんなに悩んでるんだ……いい加減なんとか手を打たないとな)

直哉は小雪の顔をのぞき込み、努めて明るく言う。

「大丈夫だ、小雪。すなぎももきっとそのうち分かってくれるさ」

「気休めはよしてちょうだい……すーちゃんはこのまま塩対応のままに違いないのよ」

「もしそうなっても安心してくれ」

小雪の肩を励ますようにしてぽんっと叩く。

縋《すが》るような目を向けてくる小雪に、直哉はきっぱりと言い放った。

「その場合は……俺が小雪のペットになるから！」

「……はい？」

小雪がぴしりと固まった。

その隙に、直哉は猫耳カチューシャをひょいっと奪って自分の頭に装備する。ファンシーなアイテムは男子高校生的にかなり気恥ずかしかったが、そんなことも言っていられない。

猫耳姿の己《おのれ》を親指で示し、堂々と続ける。

「よし、予行練習だ。すなぎもの代わりに存分に可愛がってくれ」

「何が『よし』なの⁉　何もよくないんですけど⁉」

真っ赤になって後ずさり、小雪は壁にぶつかってしまう。

そんな彼女を直哉は追う。猫耳を付けたまま。

「すなぎもとはいつか仲直りできると思うけど、それまで小雪は寂《さび》しいだろ？　でもかわりのペットを飼うなんて不義理できないと思うから、俺がペットの代役をする。何か不都合な点でもあるか？」

「澄んだ目で世迷い言を吐かないでちょうだい！　あなたそれ、単に私とイチャイチャしたいだけでしょ⁉」

「いやまあそれも三割くらいあるけど、残りは本気でペットになりたいだけだから」

「なおのことたちが悪い……！　そんなのナシに決まってるわよ！　早くそのバカみたいなオプションを外し……」

勢いよく捲《まく》し立てた小雪だが、ぴたりとその口を閉ざす。

その理由を察し、直哉はにこやかにポーズを取る。

「あ、撮りたいんだな？　いいぞ、心ゆくまで新しいペットの撮影会をしてもらっても」

「そ、そういうのじゃないから。後々脅しに使えそうだから撮っておくだけだし……」

肉球グローブをぽいっと投げ捨て、直哉をパシャパシャと連写し始める。どんより淀《よど》んでいた小雪の目は、次第に輝きを取り戻していった。

「ふふふ……いいザマね。こんなの結衣ちゃんたちに見せたら何て言うかしら」

「好きにしていいぞ。そのときは、俺もさっき撮ったばかりの小雪の写真を出すだけだし」

「い、いつの間に……⁉」

「あっ、でもあんなに可愛い飼い主の姿を他人に見せるのは、ペットとして惜しい気もするな……なあ、飼い主はどう思う？」

「知らないわよ！　そんな観点から直哉くんのこと見たことないし……！」

小雪はたじたじになって目をそらしてしまう。

しかしその視線をゆっくりと戻したとき、その目はまた少しキラキラしていた。

「えっと……ほんとに私のペットなの？」

「もちろん。男に二言はない」

「やっぱり澄んだ目でろくなことを言わないわね……ふうん、そうなの」

小雪はじーっと直哉のことを見つめて――。

「えいっ」

直哉の頭に、ぽふっと手を乗せた。

そのまま好き勝手にわしゃわしゃと撫で回してから、ほんの少し眉を寄せる。

「ペットなのに、あんまりもふもふしてないわね」

「長毛種の猫に比べたらなあ……以降精進します」

ペットの道は険しいらしい。

ともあれ、かろうじて甘い空気にはなった。文句を言いつつも小雪は撫でる手を止めないので、ふたりの間で会話は止まり、穏やかなときが流れ――。

「なうっ！」

「えっ、すーちゃん……？」

それを中断させたのは、すなぎもの鶴の一声だった。

直哉の膝から起き上がり、小雪の足元でまたさらに鳴く。

「なうなう、なーん！」

「ええっ、すーちゃん何か怒ってる……？　直哉くんを取っちゃったから……？」

「いや……多分違うな」

その様子をじっくり見つめて、直哉はあごに手を当てる。

「ひょっとしたら、嫉妬してるんじゃないか？　小雪が自分じゃなくて、俺なんかにかまうから」

「なっ……！　ほんとに⁉」

「確証はないけど……なんなら確かめてみたらどうだ」

「確かめる……ねえ」

「なーん！」

じと目のすなぎもを見下ろし、小雪は少し考え込む。

そうして、直哉の頭をもう一度撫で始める。今度はすなぎもに見せつけるようにして、やや大袈裟《おおげさ》に。

「ごほん……ほーら、すーちゃん見てごらんなさい。私の新しいペットの直哉くんよ」

「なーう……」

「すーちゃんにはもふもふ具合で負けるけど、なかなか可愛いんだから。よーしよしよし」

「おう、存分に愛《め》でてくれよな」

直哉のことをわしゃわしゃと撫でる小雪を、すなぎもはじーっと穴が開くほどに見つめる。虎のように鋭い眼光だ。

それに手応えを感じたらしい。小雪は直哉の胸ぐらを摑《つか》んで引き寄せて――。

「こーんなふうに、お膝にだって乗せちゃうし！」

「にうっ⁉」

そこで膝枕《ひざまくら》を披露した。

すなぎもの尻尾がぶわっと膨れて目が大きく見開かれる。

「なん……なうなーっ！」

そうかと思えば、直哉の額をてしてしと叩きはじめた。まるで『邪魔だ』とでも言っているように。膝枕の感触は名残惜しいが、ここで引くのが大人の対応だろう。

「はいはい、分かった。どくよ」

「なうっ。なうなんなー！」

「すーちゃん……！」

直哉から陣地を取り戻し、すなぎもは小雪の膝で得意げに鳴く。

「やっぱり私のペットはすーちゃんだけだわ……！　戻ってきてくれてありがとう、すーちゃん！」

「なーん」

「よかったなあ」

ぎゅうっと抱きつく小雪の頬を、すなぎもはぺろぺろと舐める。

当て馬の出現によってカップルの絆《きずな》が深まる……よくあるあの現象が、直哉のすぐ目の前で繰り広げられていた。

すなぎもを抱っこしたまま、小雪は直哉に満面の笑顔を向ける。

「直哉くんも本当にありがとう……！　すーちゃんと仲直りできたのは直哉くんのおかげだわ！」

「ああ、どういたしまし……て？」

「うん？　どうかしたの？」

きょとんと首をかしげる小雪。

その好感度は七十台からみるみるうちに回復して――。

(好感度、百……⁉)

元の九十九を飛び越えて、目標数値に達してしまった。

直哉はもう一度、先ほど発した問いかけをおずおずと繰り出す。

「小雪……今の俺のことどう思ってる？」

「へ？　また聞くの？　うーん、そうねえ」

小雪は腕組みをして考え込んでから、満面の笑みをうかべて告げる。

「大恩人かしら！」

「そ、そっか……」

その言葉に嘘はないし、どこからどう見ても好感度は百である。

つまり、直哉は棚ぼた的に本日の目的を達成したのだ。

（いろいろ釈然としないけど、これはこれでラッキーってことで……うん？）

ふと気付けば、すなぎもが直哉のことを見つめていた。

飼い主が鬱陶《うっとう》しくなったのか、はたまたおやつの催促かと思いきや――その目は如実に、こう物語っていた。

『私はお役に立ったか？』

それたけで、直哉はすべてを察した。

すなぎもは部屋に入ってすぐ直哉の企《たくら》みを見抜き、協力してくれたのだと。

直哉は抱っこされたすなぎもに、深々と頭を下げる。

「ありがとうございました、すなぎも姐《ねえ》さん。今度改めてお礼の品を持って、挨拶《あいさつ》にうかがわせていただきます」

「えっ、急に何？　どうしたの、直哉くん」

「なーう」

事情の分からない小雪をよそに、すなぎもは『苦しゅうないぞ』とばかりに高らかに鳴いた。

こうして直哉は新スキル・動物読心（今のところはすなぎものみ）を会得して、動物病院に連れて行くときの宥め役として毎度呼びつけられることとなった。

三章　夏への扉

「っっしゃ！　とうとう夏休みだ！」

「気がはえーよ。まだ試験終わったところだろ」

今日も今日とて、放課後の茜屋《あかねや》古書店は賑やかだった。

ぐっと拳《こぶし》を握って快哉《かいさい》を叫ぶ直哉《なおや》に、巽《たつみ》は呆《あき》れたような目を向ける。

そうは言うものの、ようやく定期テストが終わったこの日、巽も制服のボタンを緩めてぐだっとちゃぶ台にもたれている。気の抜けようが一目で分かった。

「みんなお疲れ様～。はい、今日のお菓子よ」

「お茶も入りました。先生おすすめの紅茶です」

桐彦《きりひこ》たちが台所から戻ってきたので、いつもの四人でだらだらとしたティータイムが始まった。クッキーを頬張《ほおば》りながら、朔夜《さくや》が小首をかしげてみせる。

「お義兄《にい》様。今日もお姉ちゃんは夏目《なつめ》先輩たちと？」

「ああ。試験の打ち上げだってさ」

「だったらちょうどいいじゃない。小雪《こゆき》ちゃんがいない間に聞いちゃいましょ」

桐彦が声を弾ませてウィンクを飛ばす。

「どうなのよ、笹原《ささはら》くん。あれから小雪ちゃんとの進展は」

「もちろんバッチリですよ」

直哉はそれにニヤリと返した。

公園デートでは予想外のハプニングに見舞われたものの、それ以降の手応えは上々である。

小雪が直哉と過ごすことに慣れてきているのも感じるし、言うことはない。

「この間も、すなぎものおかげで好感度アップが叶《かな》いましたしね」

「……焼き鳥屋にでも行ってきたの？　学生デートの行き先にしてはずいぶん渋いチョイスねえ」

「違います、先生。すなぎもはうちの猫です。ほら、これが写真です」

「あら可愛《かわい》い、メインクーンの血が入ってそうね。えっ、でもなんでそんな珍妙な名前なの」

「お姉ちゃんが名付けたんです。捨て猫だったすなぎもが入れられていたのが、砂肝チップスの段ボールだったから」

「独特のセンスだな。朔夜ちゃんは何も突っ込まなかったのかよ」

「うん。すなぎもも気に入ってるみたいだったから」

「飼い主への忠義を感じるわ……よくできた猫ねえ」

「あの、すなぎもの話はいいから、そろそろ俺《おれ》たちの進展具合に興味を戻してもらってもいいですかね」

このままだと延々すなぎもの話で終わってしまう。

直哉が話に割り込むと、巽は肩をすくめて紅茶をすする。

「つってもこれから夏休みだろ。もうゴールは見えたようなもんじゃねえか」

「うん。ありとあらゆるイチャイチャイベントを経てからのゴールインしか考えられない。お姉ちゃん、この夏を無事に越せるか心配」

「燃え尽きそうよねえ。幸せな展開ではあるけれど」

三人そろって生温かいような、試合終盤の観客席のようなコメントを並べてくる。

それに直哉は重々しくうなずくのだ。

「そう、これから夏休み。だから……この期間に勝負をかける」

夏休みといえば、好き合う男女にとってイベント盛りだくさんのボーナスタイムだ。

海遊びやお祭り、動物園や水族館、小旅行……仲を深める手段はいくらでも思い浮かぶし、告白するチャンスだって作れるはず。

だから、ここが好機だった。

直哉は立ち上がってメラメラと決意に燃える。

「見てろよ小雪！　この夏に、必ずや告白の返事をもらってやる！　後々思い返すたび悶絶《もんぜつ》するくらいには全力でロマンチックにしてやるから覚悟しろよ！」

「謎《なぞ》の選手宣誓《せんせい》だね、お義兄様」

「俺らに何を聞かせてるんだ、おまえは」

「ほら、あれよ。惚気《のろけ》を聞いてもらいたいんでしょ」

三人はひそひそと生温かい目を向ける。

そこでふと気付いたとばかりに、桐彦が頬《ほお》に手を当てて首をかしげてみせた。

「でも、最終目標はもう一度小雪ちゃんとキスすることでしょ。それはいいの？」

「桐彦さんは甘いですよ。付き合えたとして、小雪がそこまで一気に進展できると思いますか？」

直哉としては、とっととキスして、小雪にも甘酸っぱい思いを味わってもらいたい。

しかし、先日の公園デートでの宣言を思い出す。

『キスなんて私たちにはまだ早いの！　絶対にダメっ！』

力強く断言するほどだ。当然ハードルは相当高いに違いない。

「無理に迫ったらまた逃げられちゃいそうですし……まずは地盤固めに専念します。付き合ってから、キスのチャンスをじっくり見極めていきますよ」

「小雪ちゃんも大変ねえ……こんな一流の狩人《かりうど》に狙《ねら》われちゃってるんだから」

桐彦は心底同情するとばかりにため息をこぼしてみせた。

それにはおかまいなしで、直哉は改めて決意を固める。

（そう、キスは後回しだ。まずは絶対にこのチャンスをものにしてみせる！　小雪の好感度はこの前最大まで上がったところだしな！）

すなぎもの助けもあって、今の小雪はかつてないほどに直哉のことが大好きな状態だ。

あともう一押しでゴールインは間違いなしだった。

（そのためにも、この夏は完璧《かんぺき》な計画を立てなきゃな。小旅行とか行けりゃいいんだけど、そんなわけにもいかないだろうし……）

お互いまだ高校生だし、遠出は親も心配する。

ともあれ近場でも夏は満喫できるはずだと、直哉はあごに手を当てて考え込む。

そんな直哉におかまいなしで、巽たちはわいわいと夏への目標を語り始める。

「夏かー。俺は今のところ特に予定もないし、ここに入り浸るかな」

「それはいいプランです。先生、私も来てもいいですか？　なんならお姉ちゃん攻略に忙しいお義兄様の代わりに家政婦になってもかまいません」

「あら、本当？　じゃあお願いしようかしら。お給料弾んじゃうわよ。それで結衣《ゆい》ちゃんも呼んで、四人で笹原くんたちを見守りましょ」

「ぜひともに。ところでお義兄様は名字で呼ぶのに、河野《こうの》先輩と夏目《なつめ》先輩のことは下の名前で呼ぶんですね」

「ああ、家にいる間は雇用主とバイトの関係だからね。一応区切りをつけようかと思って」

「となると、私もここのバイトになったら『白金《しろがね》さん』と呼ばれるんですか？」

「そうなるかしらねえ」

「そうですか……」

朔夜はほんのすこしだけ眉《まゆ》を寄せ、改めて桐彦に頭を下げる。

「でしたら家政婦の話はなしで。お給料なしで誠心誠意、お世話させていただきます。料理に洗濯、掃除に肩たたき、なんでもござれです」

「頼もしいけど無給はちょっと……それなら普通に遊びにきてくれるだけでいいからね？」

本気で焦《あせ》る桐彦だった。朔夜が本気でただ働きするつもりだと分かったからだろう。

そんなふたりのやりとりを眺め、巽がニヤニヤと笑う。

「ふたりもどうなんだ？　直哉たちみたいに、この夏に進展しちゃう感じ？」

「何がです？」

「何って朔夜ちゃん、桐兄《きりにい》のこと好きだろ？」

「もちろん好きです。先生は作品が素晴らしいだけでなく、人間としても尊敬――」

「いやいや、そういうのじゃなくてラブって意味で」

「……はい？」

「はあー……？」

巽が両手で作ったハートを前に、朔夜は思いっきり首をひねる。

桐彦も気の抜けた声を上げてみせた。

ふたりはゆっくりと顔を見合わせて、揃《そろ》って首を横に振る。

「理解不能すぎます。先生はたしかに尊敬すべき人ですが、そのような感情は不敬かと」

「いや別に不敬とかはないけど……そもそも二十過ぎの男と女子高生なんて事案よ、事案。ふざけるのもいい加減にしなさいよね」

「ふーん。とかなんとか言ってるけど、直哉先生の見立てではいかがですかね」

「ああ？　そうだな、あと一押しだと思うぞ」

「なるほどなー。さすがは直哉先生、忖度《そんたく》も人の心もないばっさり具合だ」

巽は腑《ふ》に落ちたとばかりにうんうんとうなずく。

「笹原くんまで悪乗りして……まったく、そんなことあるわけないでしょ。ねえ、朔夜ちゃん……朔夜ちゃん？」

呆れたように肩をすくめた桐彦だが、隣の朔夜を見やって目を丸くする。

朔夜があごに手を当てて、真剣な様子で思案にふけっていたからだ。

「お義兄様が言うのならそうなのかも……」

「ちょっと朔夜ちゃん⁉　あなたまで何を言い出すわけ⁉」

「でもお義兄様の分析ですし、信憑性《しんぴょう》はあるかと思われます。何しろお義兄様ですし」

「自分をしっかり持ってちょうだい！　あなたたち姉妹の笹原君に対する信頼度は何なの⁉

気持ちは分かるけど⁉」

「先生はちょっと黙ってください。自分の心を整理しますので。本当に私が先生を好きなのかどうか」

「好きも何も、それはたぶん親戚のお兄さんとかお姉さんとか、そういう類《たぐ》いの大人に向ける憧《あこが》れとかだったりすると思うわよ……朔夜ちゃんにはもっといい人がいるってば」

「あ、今のはちょっとイラッとしました。これはひょっとするとひょっとするのかも……」

「藪蛇《やぶへび》だった⁉　ちょっとあなたたちなんとかしなさいよ⁉」

慌てふためく桐彦をよそに、朔夜はなおも悩み続ける。

それをニヤニヤと見守る巽のせいで、居間は何とも言えない甘々むず痒《がゆ》い空気に包まれた。

原因を作った直哉は我関せずで、再び夏の計画を模索しようとするのだが――。

「うん？」

そこで、自分の携帯が震えた。

画面を見れば、小雪から……ではなく、結衣からのメッセージが表示されている。

内容はシンプルそのもの。いわく――。

『小雪ちゃんが大変なの。すぐに来て！』

その文面を見るやいなや、直哉は鞄《かばん》を摑《つか》んで立ち上がった。

「すみません！　急用ができたので出ます！」

「ちょっと待ちなさいよ⁉　この取り返しのつかない空気を残して帰る気⁉」

縋《すが》りつこうとする桐彦の手をさらりとかわし、直哉は店を飛び出していった。

その直後に結衣からの追伸があり、来いと指示された場所は何度も小雪と訪れたショッピングモールの一角——ゲームセンターで。

直哉はまっすぐ最短ルートでそこまで向かう。

果たしてたどり着いた先で、直哉を待っていたものとは——。

「あっ、来た来た。やっぱり早かったねえ、直哉」

「笹原くん、この間はどうもー」

プリ機コーナーのすぐそばで、結衣と恵美佳《えみか》がにこやかに出迎えてくれた。

緊迫した空気はどこにもない。そんな彼女らに、直哉は息を切らせつつも問いかける。

「……小雪は？」

「小雪ちゃんはねえ……」

薄い笑みを浮かべた結衣が、ちらりと視線を投げる。

その方向を見てみると——。

「ひっ……！」

筐体《きょうたい》の陰から顔だけ出して、小雪がこちらをのぞいていた。

しかし直哉と視線が合うとすぐに物陰へ引っ込んでしまう。

慌ててそちらへ向かってのぞき込み、直哉は大きく息を呑《の》んだ。

「小雪、その格好は……！」

「ううううう……無理矢理着せられたのよぉ……！」

真《ま》っ赤《か》な顔を両手で覆《おお》う小雪は、俗に言うメイドさんの衣装を身にまとっていた。

白と黒を基調にしたエプロンドレスはミニ丈で、太ももに光るのはいわゆるガーターベルト。頭にはご丁寧に猫耳付きのヘッドドレスが飾られている。化粧もばっちりで、メイド喫茶に勤めたらその日のうちに人気ナンバーワンをかっさらえそうなほどに似合っていた。

そんな小雪を頭の先から爪先までじっくり見てから、直哉は全力でガッツポーズをしてみせる。

「よっしゃあ！　やっぱりこういう展開だったか！　急いで来た甲斐があった！」

「予想はしてたけど、最初から分かってたんだね……」

「いやだって、分かりやすいだろ」

苦笑する結衣に、直哉はあっけらかんと言う。

小雪に怪我《けが》でもあったのなら、結衣は必ず電話で詳細を伝えたことだろう。

要領を得ないメッセージだけを寄越すということは、何か隠したいことがあったのだ。

そして、ここのゲームセンターはプリ機用のコスプレ衣装が豊富なのは有名な話だった。

以上の情報を総合すれば、この展開は簡単に予想が可能だった。

「うん、直哉ならそう言うと思ったよね。ほら、委員長も分かった？　直哉を出し抜こうなんて甘いんだって」

「この前のファミレスで嫌というほど分かってたつもりだけどねえ……まさかここまでとは。なんかこう、超能力とか持ってたりしない？」

「ただちょっと察しがいいだけだって。小雪だけがコスプレしてるのも、じゃんけんで負けたからだろ？」

「そうそう大正解。でも、なんでじゃんけんだって分かるの？　ゲーセンなら他に勝負できるものいくらでもあるのに」

「こういう何かがかかったときのじゃんけん、小雪はめちゃくちゃ弱いからなあ」

結衣の妹の夕菜《ゆうな》と勝負して、手ひどいストレート負けを喫していたのは記憶に新しい。

「ううう……なんで私だけ……」

小雪はしゃがみこんでうつむくばかりだ。穴があったら入りたい様子。そんなことにもおかまいなしで、恵美佳は満足げに胸を張る。

「やっぱり小雪ちゃんは最高に可愛いね！　化粧のしがいがあるってもんだよ」

「なんで一式持ってるのよ……もうギャルはやめたんじゃないの……」

「やめてないよ？　休みの日はだいたいあんな感じだし」

「そうなの⁉」

先日の陽《よう》ギャルモードがよほど衝撃的だったらしい。

目を丸くして固まる小雪に、恵美佳は頰をかいて笑う。

「小雪ちゃんと気まずくなってから、自分が変わらなきゃって思ったんだよね。それでこういうお洒落に手を出してみたんだけど……まさか今になって役立つとは思わなかったよ！　これからも変身させてあげるから任せてよね！」

「うえええ……断りたいけど、私が原因だから断りづらい……」

恵美佳から満面の笑みで迫られて、小雪はたじたじになるばかりだった。

ふたりの仲がギクシャクしたのは小雪の勘違いだった。つまり、非は小雪にある。

今後も全力でおもちゃにされる気配がビンビンだった。

小雪に頰ずりしながら、恵美佳は直哉にウィンクする。

「まあそういうわけで、変身させてみたらすっごく可愛くて！　これは私たちだけで堪能しちゃ勿体《もったい》ないと思って笹原くんを呼んだんだよね」

「ありがと、委員長さん。でも気にしなくていいんだぞ」

「へ？」

「この前のことなら、俺は手を貸しただけだから」

目を瞬《またた》かせる恵美佳に、直哉はふんわりと笑う。

先日、直哉は小雪と恵美佳の関係を修復すべく、ほんの少しだけ手を貸した。

とはいえ『ほんの少し』だけだ。今のようにふたりが笑い合えるのは、ふたりが勇気を出したから。直哉の功績では決してない。

「だからお礼なんて考えなくてもいいんだけど……今回は素直に受け取っておく。本当にありがとう。今後も小雪関連で色々お世話になると思うけど、よろしく」

「うん、たしかにちょっとお礼がしたくて計画したところもあるけど……どこまでも見透かされるとやっぱり怖いよね……」

恵美佳は引きつった笑顔で半歩ほど引いた。

それを見て、小雪は裏返った悲鳴を上げる。

「ま、まさか恵美ちゃん、直哉くんのために私を着替えさせたの……⁉　三人で思い出を作ろうって言ってたのは嘘《うそ》だったの⁉」

「ひどい言い草だなあ、ちゃんとプリも撮ったじゃない。そのついでに笹原くんとイチャイチャできるとか一石二鳥でしょ？」

「得るものより失うものの方が多い気がするんだけど……⁉」

真っ赤になって叫ぶ銀髪碧眼《へきがん》メイドさんは非常によく目立った。

おかげで他のプリ機で遊んでいた女子たちが「うわ、あのメイドさん可愛い」だの「美人さんねえ」だの「一緒に写真を撮らせてもらえないかしら……！」なんて熱い視線を送ってくる。

注目の的になっていることにようやく気付いたのか、小雪はさらに小さくなってしまう。

「うう……他のお客さんたちにも見られてるじゃない……もう着替えてきてもいいでしょ？」

「いや、せっかくだし、そのまま直哉とプリクラを撮ってきなよ」

「はい⁉　なにを言ってるの結衣ちゃん⁉」

「いやー、それならお言葉に甘えようかな。小雪を借りてもいいか？」

「どうぞどうぞ。たくさん惚気話を聞かせてもらったから、もう私たちお腹《なか》いっぱいだよ！」

恵美佳も満面の笑みで小雪を差し出した。

顔はいつになく艶々《つやつや》していて血色も良い。ご馳走さま、といったところらしい。

そんな幼馴染みの無情な台詞《せりふ》に、小雪は声を裏返らせて叫ぶ。

「の、惚気話なんかしてないわよ！　変なこと言わないでよ恵美ちゃん！」

「えっ、あれだけ笹原くんのことを話しておいて？」

「あれは『どれだけ直哉くんのデリカシーのなさに苦しめられてるか』って話だったはずでしょ⁉　ただの愚痴じゃない！」

「小雪ちゃん、いいことを教えてあげるけどね。それを惚気って言うんだよ」

「嘘でしょ⁉　言葉の定義が広すぎない⁉」

「そもそもよく考えてみなよ。普通の人がそこまで鬱憤《うっぷん》をためるほど笹原くんと一緒にいられると思う？　普通ならすぐに音を上げるよ。それでも一緒にいる時点で相当好きってことじゃん。違う？　ちなみに私は絶対無理」

「り、理に適ってるわ……やだもう私ったらなんて恥ずかしいこと言ったのかしら……」

「みんな俺のことを何だと思ってるんだ？」

「妖怪じゃない？」

結衣がばっさりと斬り捨てた。

そのついで、しゅたっと片手を上げてみせる。

「まあともかく直哉とお幸せにねー、小雪ちゃん。私たちは一足お先に帰るから」

「また明日報告よろしくねー」

「ちょっ、待ってよふたりとも！　本当に置いていく気なの⁉　私も帰るし！」

「その格好でか？　大人しく諦《あきら》めようなー」

「ううううう……！」

温かい声援を残す友人らを見送りながら、小雪はぷるぷる震えてうつむいた。

それから三十分後。

すっかり暮れかけた遊歩道を、ふたりは仲良く歩く。

「もう！　みんなして私をオモチャにして！」

「あはは、ごめんって」

ぷんぷん怒る小雪を追いかけながら、直哉は苦笑しながら頭を下げる。

ショッピングモールからの帰り道だ。

駅に向かう道のりを歩きつつ、直哉は撮ったばかりのプリクラを広げる。何枚にもわたるそこに映るのは、満面の笑顔の自分と真っ赤な顔の小雪だ。

結局あれからメイド服のまま撮影し、それからは直哉のリクエストに応《こた》える形でいろんな格好をしてくれた。最初は嫌がっていたものの――。

『小雪はスタイルがいいし大人っぽいだろ。メイド服も確かに可愛いけど、クールな衣装も似合うと思うんだよな。きっと俺なんか一瞬で悩殺されちゃうだろうなあ』

『そ、そう……？　そこまで言うなら着てみなくもない、けど……？』

とかなんとか乗せられて着替えを繰り返してしまったのだ。

好きな子がチョロくてよかった。

戦利品をしみじみ噛《か》みしめながら、直哉はあごに手を当てて唸《うな》る。

「いやあ、メイドさんも可愛かったけど、チャイナドレスもよかったなあ……あっ、こっちの女性警察官も捨てがたい……手錠をかけられたの、堪《たま》らなかったなあ」

「ほんっと物好きな人ね……」

げんなりしつつも、小雪はつんけん言う。

「ふんっ、光栄に思うことね。こんな美少女のコスプレなんて、あなたみたいな小市民じゃ一生かかっても拝めないレアものなんですから」

「えっ、『直哉くんがそこまで喜んでくれるのなら、コスプレも悪くないかも……恥ずかしいけど、またやってもいいかも……』だって？　光栄だなあ」

「なんと言われようと二度とやりません！」

　全力でフラグを叫ぶ小雪だった。

　そうかと思えば足を止めて盛大なため息をこぼしてみせる。

「まったくもう……これじゃあ夏休みも思いやられるわ。どれだけ直哉くんに弄《もてあそ》ばれるのかしら」

「人聞きが悪いなあ。でも、夏休みも俺と一緒にいてくれるんだ」

「思い上がらないでちょうだい。あなたを放っておいたら空虚な夏休みを過ごしそうだから、仕方なく色々付き合ってあげようって思ってるだけなんだから。私の趣味はボランティアなの」

　小雪はつーんとそっぽを向く。

　しかし、その耳がほんの少しだけ赤く染まった。その変化が夕日のせいばかりではないことを、直哉はしっかり見抜いていて――。

「でもでも、ほんのちょっと楽しみだったりしなくも……って、電話……？」

　そこで小雪の携帯が軽快なメロディを響かせた。

　いそいそと取り出して、直哉に背を向ける。

「なあに、ママ。どうかしたの……えっ、今直哉くんと一緒だけど……って、えええっ！　急にどうして……切れちゃった」

最終的に、首をかしげつつ携帯を見下ろした。

「どうかしたのか？」

「なんだかよく分からないけど……今日はご飯を作れそうにないから、直哉くんと食べてきなさいだって」

「お義母《かあ》さん、何か用事でもあるのかな」

「さあ……今日は何もないはずだけど。っていうか、ちょっと待って。あなた、今うちのママをなんて呼んだの？」

「『お義母さん』だけど？」

「なんかニュアンスに含みがあるけど、気にしないでおくわね……」

もごもご言いつつ、小雪はかぶりを振る。

「ともかくそういうわけだから、何か食べていく？　直哉くんが夕飯おうちで食べるつもりなら、無理には誘わないんだけど」

「う、うん。食べに行くのも悪くないけどさ……」

好きな子と外食。それはそれで楽しいイベントだ。

だがしかし、直哉はごほんと咳払《せきばら》いする。

（これはひょっとして……チャンスなのでは？）

ごくりと喉《のど》を鳴らしてから、ゆっくりと口を開く。

「その、コスプレしてもらったお礼をかねてっていうか、埋め合わせっていうかさ」

「なによ。誠意を見せてくれるっていうの？」

「うん。この前、俺が風邪《かぜ》引いたとき……看病してくれただろ？」

「へ……？　う、うん。それが……？」

小雪はすこし口ごもってから、おずおずとうなずく。

ふたりの間に、すこし緊迫した空気が流れた。

それに気付かぬふりをして、直哉は続ける。

「そのお礼に、ケーキを作るって約束、したじゃん」

「……うん」

「だから、その……うん」

直哉は「えーっと」だの「あのー」だのと言葉を詰まらせ、道路脇《わき》の街路樹などへ視線を彷徨《さまよ》わせる。小雪も黙り込んで直哉の台詞を待っていて、ふたりの間に沈黙が落ちる。

それでもしばしかかって──直哉はとうとうその台詞を口にした。

「だから今日これから……俺の家に、来ないかな？」

「っ……」

そこで、小雪が小さく息を呑んだ。

直哉は慌てて付け加えるのだが……。

「あっ、夕飯を食べてこいってのにケーキ作るってのもなんかおかしいよな。もし何なら普通のご飯も一緒に作るからさ。この前は看病してもらってろくなおもてなしもできなかったし、今回はちょっと気合いを入れて——」

「……く」

小雪がうつむき加減で小声を絞り出し、直哉はぴたっと口をつぐむ。

家へ帰る小学生の集団が、ふたりのすぐそばを楽しそうに駆け抜けていった。

彼らを見送ってから、小雪は顔をそっと上げる。

その顔は真っ赤に染まっていたが、決意の色もまたにじんでいた。

「行く。直哉くんのケーキ、食べに行くわ」

「そ、そっか……」

そのはっきりした返答に、直哉の顔も同じくらい真っ赤になった。

先日も小雪は、直哉の家を訪れた。しかし、あのときはお見舞いという大義名分があった。

今回はそんなもの何もない。

直哉が家に来てほしくて、小雪がそれを了承したという、ただそれだけのことなのだ。

男の子の家に行くなんて、相当勇気のいることだろう。

それでも小雪は直哉の誘いに乗ってくれた。

それが理解できるからこそ、直哉はもう何も考えられなくなる。心臓がうるさく鳴り響き、全身の血液が沸騰しそうなほどだった。

(夏休み中に決める気でいたけど……ひょっとしたら、それを待たなくてもいいのかもしれないな)

家にふたりきりともなれば、当然そういう空気にだってなる。

おまけに今回はこの前のすなぎものような不確定要素が入る可能性はゼロだ。

そう考えると、急に四肢がこわばった。自分の体が他人のものになったような気がして、頬をかく簡単な動作ですらギクシャクしてしまう。

直哉が緊張しているのと同様に、小雪も真っ赤になって固まってしまっている。それでもあたふたしつつ「今のはなし!」だのと否定しないあたり、勇気は継続中らしい。

そんなわけでふたりは先日白金家でカレーを作ったときのように、スーパーで買い出しをした。

お互い緊張しっぱなしで、会話もどこかぎこちなく、気付けば直哉の家のすぐそばに来ていたような体たらくだった。

「えっと、それじゃ……どうぞ」

「お、お邪魔します……」

玄関で直哉が促すと、小雪は右手と右足を同時に出しながら家の中に入ってきた。

かくしてフラグは立ったものの……それがあっけなくうやむやになるなんて、さすがの直哉も予測不能なものだった。

簡単なケーキをパパッと作り、小雪の尊敬を一身に浴びて仲良く実食――できなかったのだ。

「ごめん……ほんっとにごめんな……」

「そんなに真剣に謝られても困るんだけど……」

笹原家の和室にて、直哉はがっくりうなだれて頭を下げていた。

外はすっかり暗くなっていて、周囲の住宅街は静かなものだ。

そんな直哉の正面に座り、小雪は眉をひそめて困惑の表情を浮かべてみせる。

台所の方をちらっと見て、呆れたように言う。

「ケーキじゃなくても別にいいわよ。カレーだって美味《おい》しいじゃないの」

「いやでも、せっかく色々買ったのにさあ……」

何しろ今日は好きな子を家に呼ぶのだ。

直哉は奮発して、高いフルーツだったりクリームだったりを買い求めた。

しかしそれらの食材のほとんどは冷蔵庫で眠っている。

小雪はくすくすと笑う。

「それにしても、まさか直哉くんがあそこまでポンコツになるなんてね。お料理で失敗するところなんて初めて見たわ」

「うう……言うなっての」

メレンゲを作ろうとして、卵白入りのボウルをひっくり返したり。

ホイップクリームのチューブを踏んづけて、台所をクリームまみれにしたり。

エトセトラ、エトセトラ……。

そんな失敗を繰り返した挙げ句にケーキ作りは諦めて、有り合わせの食材でカレーを作ることに落ち着いた。今は二人して、炊飯器のご飯が炊けるのを待っているところだ。

直哉は重いため息をこぼすしかない。

(うん……やっぱ準備してムードを作るとか無理だったな。こんなに緊張するなんて思わなかった)

好きな子が家にいる。

たったそれだけのことで、まともな判断力はまったく働かなくなるのだと改めて知った。

とはいえ、怪我の功名も多少はあった。

家に来た当初はガチガチになっていた小雪だが、直哉がポカミスを繰り返すにつれて緊張もゆるみ、自然な笑みを見せてくれるようになっていたのだ。

それに釣られて、直哉の緊張も少しずつほどけていった。

今こうして同じ部屋にいても、問題なく普通の会話ができている。

「一学期はあっという間だったわね。ほんと色々と慌ただしい毎日だったわ」

「でも楽しかっただろ？」

「心労の方が勝ったと思うけどね。誰《だれ》かさんのおかげで」

小雪は剣呑《けんのん》な目で直哉を睨《にら》み、ため息をこぼしてみせる。

「今学期で一番の誤算は直哉くんと出会ったことよ。あなたのせいで、私の孤高クールな美少女キャラがどんどん崩壊していったんだもの」

「そっかー。それは残念だなあ」

「……今あなた、何か失礼なこと考えてない？」

ますます眼光を強める小雪に、直哉は『遅かれ早かれ崩壊したキャラだと思うぞ』という言葉を呑み込んだ。

「でも、それはそれで嬉《うれ》しいな。つまり、小雪が変わったきっかけが俺ってことだろ。好きな子の人生に影響を与えられたなんて光栄の極みだよ」

「目が本気だわ、この人……直哉くんってけっこう重いわよね」

「知らなかったのか？」

「いえ、嫌というほど知ってたわ。再認識しただけよ」

呆れたように肩をすくめてから、小雪は天井《てんじょう》をぼんやりと見上げる。

「そうね、たしかに私は変わったわ。男の子とこうやってしゃべったり、クラスの女の子と一緒に遊んだりするなんて、ちょっと前なら考えもしなかったもの。恵美ちゃんとも……ちゃんと仲直りできたしね」

小雪は膝《ひざ》を抱え、これまであったことを振り返る。

そのどれもこれもが、小雪にとっては大事件ばかりだったのだろう。様々な出来事を脳裏に浮かべつつ、ぽつりとこぼす。

「この夏休みも、何かが変わったりするのかしら」

「小雪はこれ以上変わるのは怖いか？」

「どうかしらね。ちょっとドキドキするけど……」

小雪は膝を抱えたまま、腕で口元を隠してぼんやりと考え込む。

しかし最後には直哉を見据えて、はにかむようにして言った。

「直哉くんと一緒に変わっていくなら、なんでも楽しいと思う。だから怖くないわ」

「そ、そっか……」

そのまっすぐな言葉に、直哉の心臓は小さく跳ねた。

顔が赤く染まるのが自分でも分かった。そのせいで小雪があたふたし始める。

「ちょ、ちょっと、何を赤くなってるのよ。変なふうに取らないでよね」

「無茶を言うよな……どんなふうに解釈したって、かなり大胆な発言だったぞ、今の」

「そんなことないし！　普通だったし！」

小雪は真っ赤になって否定するが、そのうちに『あれ……？　ひょっとして今のかなり恥ずかしいやつなのでは……？』と気付いたらしく黙り込んでしまう。

結果、ふたりの間に沈黙が落ちた。

壁掛け時計が時を刻む音と、窓の外を時折車が通る音以外、何も聞こえなくなる。

黙ったままで固まって、互いに見つめ合ったまま身じろぐことすらできない状態が続く。

そんな折、ピーッという気の抜けた電子音が響き渡った。台所の方からだ。

「あっ、飯が炊けたな！」

直哉は勢いよく立ち上がる。

小雪といい雰囲気になりたいとは願ったが、これはさすがにいきすぎだった。

仕切り直しにはちょうどいい。

「それじゃあ夕飯の準備を、って、うわっ⁉」

「きゃっ」

急いで台所に向かおうとしたのが悪かった。

緊張と焦りで足がもつれ、直哉は三歩も進まないうちに盛大に転んでしまう。

笹原家に、そこそこ大きな物音が響く。ともあれ畳の和室だったのが功を奏した。頭も打たずに済んだ。しいてマズい点を挙げるとすると――。

「……………すみません」

「…………ほんとにね」

小雪を押し倒す形で倒れてしまったことだろう。

真っ赤な顔の小雪を見下ろしながら、直哉は思う。

(よくこんな状況で告白できたな、俺……)

いつぞや彼女の私室で、まったく同じシチュエーションを経験して勢いのまま告白した。

あのときは大混乱のただ中だったせいで、そんな大胆な行動に出られたらしい。

少し冷静さの残る今、直哉の胸を占めるのは痛いほどの甘酸っぱさだ。これ以上は、自分がどうにかなってしまいそうだった。

「ご、ごめん。すぐ退《ど》くから……」

「いえ、待ってちょうだい」

「はい⁉」

迅速に退却しようとする直哉のことを、小雪がぐいっと引き留める。

しかもその手段は、首に腕を回すという鮮烈極まりないものだった。

ピシッと凍り付く直哉のことを、小雪はにんまりと見上げてくる。

「前のときより平気かもしれないわ。私も場数を踏んで直哉くんに慣れたのね」

「あ、あの、小雪さん？　近いんですけど……」

「ふふふ、いい気味ね。私と同じくらい、あなたもいっぱいいっぱいじゃない」

「ドキドキして当然だろ……」

相手の息づかいが、頰に感じられるほどの至近距離だ。

心臓がおかしな動きをしても仕方ないし、ガチガチに固まるのも当然だった。

そして、それは強がる小雪も同じである。しばし小雪もぽーっと、自分の真上にいる直哉の顔を見つめていたが——やがて小さく唇を動かした。

「……変わる？」

「は」

直哉の息が完全に止まる。

言葉の意味が分からなかったからではない。小雪の表情と声のトーンで、それが何を指し示すのかを完全に理解してしまったからである。

小雪はぼそぼそと続ける。

「だ、だから、その、う、うまく言えないけど……」

「……俺たちの、関係？」

「…………ん」

今の、名前の付けづらい関係を変える。

それすなわち、直哉が目標として掲げていた進展だ。

小雪の顔はこれまで見たことがないくらいに真っ赤に染まっていた。

直哉のことを潤んだ瞳《ひとみ》で見つめながら、つっかえながらも言葉をつむぐ。

「直哉くんと一緒なら、変わるのも怖くない……から……今なら、ちゃんと受け止められるって、思うの」

「小雪……」

そのとき、彼女の名前以外の単語が喉の奥から出てこなかった。

直哉はかわりにごくりとつばを飲み込む。

その音がやけに大きく響いた気がして、顔の赤みがさらに増した。

またふたりの間に沈黙が落ちる。しかしそれは先ほどのものとは異なり……互いの意思が、ひとつになったことを感じられるものだった。

「だからここでもう一回……言ってくれる……？　ダメ……？」

「だ、ダメじゃない……です」

小雪と同じくらい、もしくはそれ以上につっかえながら、直哉も言葉をつむぐ。

そっと顔を近づけると、小雪の長いまつげが震える様がよく見えた。小雪の緊張はもはや最高潮だ。それでも自分に身を委《ゆだ》ねてくれることが、直哉にはたまらなく嬉しかった。

(好きな子がここまで言ってくれたんだ……！　応えなきゃ、男が廃《すた》る……！)

直哉は決意を固めた。

大きく息を吸い込んでから、ありったけの思いを口にしようとする。

「聞いてくれ、小雪。俺、おまえのことが――」

しかし、その告白は半ばで途切れ——。

「……っっ⁉」

「へ⁉」

ばたーーーーん！

のっぴきならない事態を察し、直哉は勢いよく後ろに飛び退いて、真後ろにあったふすまごとぶっ倒れた。

四章　両家顔合わせ

「へ⁉　えっ、なんで⁉」

直哉《なおや》がぶっ飛んですぐ、小雪《こゆき》は起き上がって裏返った悲鳴を上げた。

自分に告白しようとしていた相手が急にそんな奇行を見せたら、誰《だれ》だってそんな反応になるだろう。

それとほぼ同時、笹原《ささはら》家の玄関が乱暴に開け放たれた。

バタバタと慌ただしい足音は小雪の声を聞きつけてか、まっすぐこちらに向かってきて——。

「小雪！　無事か！」

「パパ⁉」

廊下側のふすまがバーンと開け放たれる。

そこに立っていたのは顔面蒼白になった小雪の父親——白金《しろがね》・K・ハワードだった。

まさかの状況下での、まさかの来客。

小雪はあんぐりと口を開いて固まるばかりだ。

そんな中、直哉は床に転がったままでハワードに頭を下げる。

「どうもこんばんはです、お義父《とう》さん……」

「ああ、こんばんは。しかし、なぜ君はそんなところで寝ているんだ？」

「いろいろありまして……あはは」

直哉は強張った表情筋を駆使し、愛想笑いを浮かべてみせた。

表に車が停まる音を聞きつけて、慌てて小雪から飛び退いたのだ。何度か家に遊びに行っていたおかげで、白金家の車の音はよーく知っていた。

まさに間一髪のところだった。下手をすると好きな子のお父さん立ち会いのもと、告白イベントを済ませてしまったかもしれない。公認の仲とはいえ、それはあまりにも気まずすぎる。

小雪もそれを察したのか――。

『ちょ、ちょっと勿体《もったい》なかったけど……よくやったわ直哉くん！　うちのパパだったら、間違いなく今後何年も微笑ましいエピソードとして持ち出してくるに決まってるもの！』

なんて真剣な顔で、こっそりと直哉にサムズアップを送っていた。

直哉もそれを真似て返したところで、ふとした疑問が脳裏をよぎる。

（えっ、でも……お義父《とう》さん、なんで家に来たんだ？）

一応住所は教えていたが、これまで直哉の家に招いたことなど一度もない。

そもそも最近はずっと海外出張中だったはずである。

小雪ともども、ふたりは戸惑うしかないのだが、なぜかハワードの顔は真剣そのものだった。

娘の肩をがしっと摑《つか》み、切羽詰まった様子で叫ぶ。

「それより小雪！　ここにいては危険だ！　すぐにパパと逃げよう！」

「はあ……？　急に来てなにを言ってるのよ、パパ」

小雪は不機嫌丸出しの顔で父を睨《にら》む。

甘酸っぱい空気は完全にぶち壊れたし、そもそもデート中に親が乱入しては聖人でもぶちギレて当然だ。わりかし心の狭い小雪ならなおのことである。

必死な父親のことを、小雪はしっしと手を振って追い払おうとする。

「帰るならひとりでどうぞ。っていうか、いつイギリスから戻ってきたのよ。全然聞いてないんだけど」

「ぐっ、連絡できなかったのはすまないと思うが……パパにもいろいろあったんだ！」

ハワードはバツが悪そうな顔をしてから、直哉の方に向かって叫ぶ。

「直哉くんも私と一緒に逃げるんだ！　あの悪魔がもうじきやって来てしまう……！」

「あー……………そういう展開ですか」

直哉は天井《てんじょう》を仰《あお》ぐしかない。

支離滅裂な台詞《せりふ》だが、たったそれだけの情報で、直哉は何が起こっているのかを察してしまった。分からないのはこの場でただひとり、小雪だけだ。

「はあ？　悪魔っていったいどういう――」

「……申し訳ない」

そこで、落ち着いた声が響いた。

リビングの扉に立っているのは、どこにでもいるような壮年の男だ。

中肉中背、口元に浮かべた笑みは苦々しいが柔らかなもので、一見すると人畜無害そうな印象を万人に与えることだろう。

男はかぶりを振って、なおも続けた。

「ハワードさんを空港で引き留めようとしたんだが……目を離した隙に逃げられてしまったんだ。本当にすまない、直哉」

「ほんと、なんでこのタイミングで帰ってくるのかなあ……」

「えっ、ま、まさか……」

頭を抱える直哉と男を見比べて、小雪は目を丸くして叫ぶ。

「直哉くんのお父様⁉」

「どうも、笹原法介《ほうすけ》です。あなたが噂の小雪さんですね、うちの直哉がお世話になっております」

「ええい……！　おまえはうちの娘と関《かか》わるんじゃない‼　この疫病神め！」

にこやかに頭を下げる男——法介に、ハワードは牙《きば》を剥《む》く勢いで突っかかっていく。

そのままぎゃーぎゃー騒ぐ父親たちの背後から、ひょっこりとまた女性が顔を出す。

「あら良い匂《にお》いねえ。カレーでも作ったの、直哉」

「ああうん、多めに作ったから食えば良いんじゃないかな……母さん」

「お母様も⁉」

母親の笹原愛理《あいり》である。

久々の親子の再会だが、直哉はしばらくがっくり肩を落とし、ろくに言葉も出なかった。もちろん今日帰るなんて、何の連絡ももらっていなかった。

その後、表に停めた車から小雪の母親も降りてきて、図らずして両家顔合わせの図式が整った。

◇

「初めまして、小雪の母の美空《みそら》です」

「ご丁寧にどうも。直哉がいつも迷惑をおかけして……」

「いえ、うちの小雪こそ直哉くんにお世話になってばかりで……」

笹原家のリビングは一気に賑やかになった。

中でも一番テンションが上がっているのは母親たちだ。

美空は頰《ほお》に手を当てて困ったように眉《まゆ》を寄せる。

「お疲れのところにお邪魔してしまってすみません。空港にうちの人を迎えに行ったら、今すぐ笹原さんのお宅に向かえと言って聞かなくて……」

「どうかお気になさらないでください。奥様とは、一度ちゃんと会ってご挨拶《あいさつ》したいと思っておりましたので。あっ、ちょうどお渡ししようと思っていたお土産があるんです。イギリスの紅茶なんですけど」

「あら、いいんですか？　私、紅茶に目がなくて」

母親組は意気投合し、きゃっきゃと明るい雰囲気が満ちている。

しかしその一方で……。

『……』

ローテーブルを囲む残る四名には、まるでお通夜のような空気が漂っていた。

主にその空気を発生させているのは直哉である。

ずーんと沈みこむ理由はただひとつ。いいところで邪魔が入ったからだ。

（ええぇ……こんな状況ありかよ……）

せっかく小雪の方から告白のゴーサインが出たのに、せっかくのチャンスがふいになってしまった。なまじ意気込んでいた分、ショックもまた大きかった。

小雪もまた邪魔された鬱憤《うっぷん》が晴れないのか、ふてくされた顔でお茶をすすっている。

「はあ……よし」

そんな中、しかめっ面で黙り込んでいたハワードが盛大なため息をこぼした。

どこか死地に向かう戦士のような面持ちで小雪にそっと話しかけるのだが。

「なあ、小雪。そろそろお暇《いとま》しないか……？」

「嫌よ。ママたちも盛り上がってるところじゃない。ねえ、ママ？」

「そうねえ。せっかくだし、笹原さんともう少しお話ししたいわ」

「ぐっ……美空さんがそう言うのなら仕方ない……」

ハワードは眉間にしわを寄せ、断腸の決断だとばかりにかぶりを振る。

しかしそうかと思えばキッと目をつり上げて、直哉の隣に座る法介を睨むのだ。

「だが、お前は娘に近付くんじゃないぞ！　ホースケ！」

「ちょっ、パパ⁉　直哉くんのお父さんに失礼でしょ！」

「いいから黙っていなさい！　小雪はこいつのタチの悪さを分かっていないんだ……！」

「あはは、よく言われます」

法介は特に反論することもなく、呑気《のんき》にお茶をすするだけだった。

そんな不思議なやり取りにますます小雪は首をかしげる。

「ひょっとしてパパ、直哉くんのご両親と一緒に帰ってきたの？」

「ああ、うん。そういうことになるが……」

ハワードは顔を曇らせつつも渋々うなずいてみせる。

つい一ヶ月ほど前に彼が直哉の父親と出会ったということは、小雪経由で直哉も知っていた。意気投合したらしいとも聞いていたので、タイミングを合わせて帰国することは不思議でもなんでもない。

しかしハワードは盛大なため息をこぼし、両手で顔を覆《おお》うのだ。

「今となっては、やめておけばよかったと心底後悔している……」

「ええ……この前、義兄弟の契《ちぎ》りを交わしたとか言ってたのに」

「あれはもう解消した」

やけに苦々しくそう言って、ハワードは法介にびしっと人差し指を向ける。

「こいつときたら、目につくありとあらゆる事件に首を突っ込みおって！　なぜイギリスから日本に帰るまでに二週間もかかるんだ⁉　おまけにインドや中国、アメリカなどなどを経由して……無駄に世界一周してしまったじゃないか！」

「いやだって、どれもこれも人命がかかった事件だったんですから仕方ないじゃないですか」

「それは確かにそうだが……！　なぜ空港ですれ違っただけの老婦人が、テロ組織に誘拐された孫の身の代金を運んでいる最中だと分かる……⁉」

「いやあ、そんなの見ただけで誰でも分かることでしょう？」

「だからそれはおまえだけだ‼」

ハワードは頭を抱えて絶叫する。

誘拐事件や殺人未遂事件、飛行機のハイジャック計画、エトセトラ、エトセトラ……。

帰国の道中、法介はそうした事件の匂いを嗅ぎつけて、片っ端から首を突っ込み解決に導いていったという。そしてハワードは漏《も》れなくそれに巻き込まれた……らしい。

しかし法介の方は悪びれることもなく、穏やかな笑みを浮かべて言う。

「向こうだとまだアジア人に偏見を持つ方がいらっしゃいますからね。私が忠告しても耳を貸してくださらないことが多く……英国人のハワードさんが緩衝材として間に立ってくださって本当に助かりました。今回はかなりスピーディーに帰って来れた方ですよ」

「マシになってあれなのか⁉ 私は何度死にかけたか分からないんだぞ⁉」

怒髪天をつく勢いでまくし立てるハワードだが、小雪はそんな父に白い目を向ける。

「いくら何でも映画じゃあるまいし……そんなことあるはずないじゃない。私をからかってるだけなんでしょ、パパ」

「そうも疑うのなら……ほら、ホースケ。うちの娘にも、いつものやつをやってやれ。ただし手加減しろよな」

「かまいませんよ。どれどれ」

「へ？　な、なんですか……？」

ハワードに促され、法介は小雪の顔をじーっと見つめる。

小雪は戸惑うばかりだが、やがて法介は淡々と――。

「ふむ……小雪さんは今日、友達たちと遊びに行ったみたいですね」

「はい……？」

「そこで食べたのは、パンケーキかな。フルーツがたくさん載ったものを三人くらいでシェアしましたね。飲んだのはクリームたっぷりのココア。それから衣服を見て、本屋に寄って、最後はゲームセンターに――」

「直哉くんの上位互換だ……！」

真《ま》っ青《さお》な顔でそれを遮《さえぎ》る小雪だった。

そのままハワードへ、哀れむような目を向ける。

「ごめんなさいね、パパ。疑ったりして。これならパパが言ってたようなハードな展開になっても不思議じゃないわ」

「分かってくれるか、娘よ……！」

「私も必要がなければここまで読んだりしませんからね？」

法介はばつが悪そうに笑う。

ハワードや直哉から小雪のことを聞いていただろうが、初対面の相手だ。

直哉ならばそんな相手のことを読むには、あれこれ尋問が必要になる。見ただけでここまで分かるのは、踏んだ場数の差だろう。

法介は小雪に軽く頭を下げる。

「うちの息子もこんな感じでご迷惑をかけていることかと思いますが……どうかよろしくお願いします。先日は試験勉強を見てくださったようでありがとうございます」

「はあ、どういたしまして……あの、勉強会のこと直哉くんから聞いたんですか？」

「いいえ？　見ただけでだいたい分かりますから。あ、飼い猫さんと仲直りできたんですか。よかったですねえ」

「あ、ありがとうございます……」

小雪はぷるぷる震えながら、たったそれだけ返してみせた。

全身から『どこまで筒抜けなんだろ……』という恐怖がにじみ出ている。

（相変わらずだなあ……親父）

こうした個性を生かし、法介は行く先々で事件を解決している。何しろ見ただけで犯人やその企《たくら》みが分かるので、チート探偵もいいところだ。

とはいえそれに巻き込まれる方はたまったものではなかったらしい。

ハワードは苦虫を噛《か》み潰《つぶ》したような顔をして法介を睨む。

「おまえの死神っぷりはここ数日でよーく理解した。だからうちの家族には会わせてなるものかと慌てて小雪のもとに駆け付けたというのに……何故《なぜ》こうも来るのが早い⁉」

「ハワードさんを空港で逃してしまってから、すぐにタクシーを拾ったからですかね。行き先は分かってましたし」

「くそっ……！　そこまでしてうちの娘に会いたいか！　何を企んでいる、この悪魔！」

「えっ、いや、うーん……小雪さんに会ってみたくはありましたが、どちらかというとハワードさんを引き止めたかっただけというか……うーん……」

法介は言葉を濁してサッと目を逸らす。

その様子を見て、ますます直哉は胸中で頭を抱えるのだ。

（そうなんだよなあ……この人、俺《おれ》より察しがいいから……息子が家で好きな子を連れ込んで、どんな展開になってたか、絶対分かってるんだよなあ……！）

ふたりがイチャついている気配を察し、ハワードを空港で引き留めようとしたのだ。

とはいえそれを恩に感じる余裕は、今の直哉にはまったくなかった。

台無しになったこと自体は変わらないし、親にそういう企みがバレるのは死ぬほどキツイ。気遣いが胃に刺さる。

せめてもの抵抗とばかりに父親の顔を全力で睨みつけるのだが――そこで直哉は膝《ひざ》を打った。

「本当か、親父⁉」

「ああうん。道中、ハワードさんとそういう話になってね」

「もちろん大賛成だ！」

お家《うち》デートをふいにされた恨みが、父の考えていることを読んで一瞬で吹き飛んだ。

直哉はその勢いのまま小雪に叫ぶ。

「なあ、小雪もそう思うよな⁉」

「……何の話？」

「ごめんなさいねえ、小雪ちゃん。うちはいつもこうなのよ」

きょとんとする小雪に、愛理は頬に手を当てて困ったように笑う。

「この人たち、顔を合わせただけで相手の言いたいことが分かるでしょ。だから色々飛ばして結論だけ言い合うのよ」

「ああ、直哉くんがふたりいるってことですものね……いつもこんな感じなんですか？」

「そうねえ。たとえば海外赴任が決まったときもねえ――」

法介が家に帰ってきて早々、直哉と顔を合わせて開口一番の会話がこんな感じだった。

『あ、それなら俺は日本に残るから』

『そう言うと思って、手配しておいたからね』

『……何の話です？』

愛理は首をかしげることしかできなかった。

それを聞いて小雪は心底気遣わしげに眉をひそめる。

「なんていうか、お母様も大変ですね……私は直哉くんひとりでも相手にするの大変なのに……」

「小雪ちゃんもこれから苦労すると思うけど、ほんとごめんなさいね……」

「そういう意気投合は今いいから！」

母と好きな子が仲良くなるのはいいことだ。

だがしかし、今はそんなことを言っている状況ではない。

小雪の肩をがしっと摑んで、思いのままに叫ぶ。

「小雪！　俺と夏の思い出を作りに行こう！」

「だから、何の話だって言ってるのよ」

「旅行だよ、旅行！」

「はあ……？」

小雪はきょとんと目を丸くする。

そんなふたりを見て、法介が付け加えた。

「実はこの夏休みに、お互いの家族同士で、旅行でもどうかという話になったんですよ」

「えっ……うちと、直哉くんのご家族で、ですか？」

「ええ。先日いろいろと助力した知人が、別荘を貸してくれることになりまして。それが大きな建物らしく、ふた家族でどうかと思いまして」

二つ隣の県。

避暑地として有名なその地域に、その別荘があるという。

　ベッドルームは複数あるし、周囲にはいろんなレジャー施設も多く揃《そろ》っている。バーベキューをするもよし、海遊びをするもよし。おまけに近くの遊園地では毎晩のように花火が上がるというし、夏の思い出を作るにはうってつけの場所であるらしい。

「わあ……楽しそう！」

　それを聞くにつれ、小雪の顔がキラキラと輝きはじめる。

　しかし、そこでハワードが毅然《きぜん》とした声を上げた。

「私は反対だ！　貴様と旅行など二度とごめんだ！　どれだけの厄介ごとに巻き込まれるか分かったものではない！」

「旅行の話を最初にしたときはハワードさんも乗り気だったじゃないですか」

「あれはまだおまえの本性を知らなかったからだ！　とにかく私は絶対行かないからな！」

　腕を組み、ふんっとそっぽを向いてしまう。

　日本までの道中で完全に懲りてしまったらしい。その決意はずいぶん固そうだ。

　しかしそんな中――小雪は父親をまっすぐ見据えて告げる。

「パパ」

「な、なんだね、小雪」

「だったら私だけでも……直哉くんご一家について行くわ！」

「……は？」

目を丸くして固まる父を放って、小雪は直哉の両親に深々と頭を下げる。

「そういうわけで、不束者《ふつつかもの》ですがよろしくお願いいたします」

「ああ、もちろんかまいませんよ。こちらこそよろしく」

「小雪ちゃんなら大歓迎よ。あ、美空さんはどうかしら」

「本当にいいんですか？　もちろんご一緒させてください。もうひとりの娘にも聞かないといけませんけど……」

「朔夜《さくや》なら今『行く』って連絡が来たわよ、ママ」

「あら、じゃあ三人でお世話になりましょうか。よろしくお願いします、笹原さん」

「『よろしくお願いします』じゃないぞ美空さん⁉」

ハワードが家中に轟《とどろ》くほどの絶叫を上げた。

そんなふうに取り乱す父に、小雪は平然と言う。

「だって楽しそうじゃない。パパがダメって言っても絶対行くんだから」

「それなら私が別の避暑地に連れて行くから……！」

「ダメよ。直哉くんと一緒がいいの」

「な、直哉くんはいいんだ！　問題はこの男で……む？」

ハワードはなおも娘を説得しようとする。

しかし不意を突かれたようにして振り返った。彼の背後に回った直哉が、ぽんっと肩を叩《たた》いたからだ。

「ど、どうしたんだね。直哉くん」

「いえ、お義父さんに言いたいことがあって」

不安そうに目をすがめるハワードに、直哉は爽《さわ》やかな笑顔を向ける。

「俺もお義父さんと一緒に旅行したいです」

「……は？」

「ほら、今後長い付き合いになるわけですし、親睦を深めたいなーって」

きょとんと固まる彼に見せるのは、携帯の画面だ。

先ほど手早く、件《くだん》の別荘地を検索しておいた。

「この避暑地、温泉もあるっていうし……お背中、流しますよ。のんびり長湯しながら、将来のことについて語り合いましょう」

「っ……！」

日本に来て長いハワードが、温泉を好むことは小雪から聞いて知っていた。

義理の息子（予定）のことを気に入っているのも明白で、その二つが合わされば――彼限定で威力は抜群となる。

ハワードは直哉の手をガシッと握り、キラキラした顔で言う。

「よろしい！　ともに汗を流そうじゃないか、義息子《むすこ》よ！」

「はい！　お義父さん！」

「そっか……私もこんなふうにして、直哉くんに手玉に取られているわけね……」

完落ちした自分の父親を眺め、小雪は複雑そうにぼやいてみせた。

そんな中、ハワードは法介にびしっと人差し指を向ける。

「こうなっては仕方ない、私も一緒に行ってやろうじゃないか……！　おまえがうちの家族を余計なことに巻き込まないよう、監視してやる！」

「いやあ、私も厄介ごとに巻き込む相手はちゃんと選びますよ。ご安心ください、ハワードさん」

「私なら巻き込んでもいいと言いたげだな、おい⁉」

悲痛な声でツッコミを入れるハワードだった。

そんな父の隣で、こっそり小雪はぐっと拳《こぶし》を握って直哉に真剣な顔を向けてくる。キラキラした目は、おおむねこんなことを物語っていた。

『さっきは邪魔が入ったけど……旅行に行けばたくさんチャンスがあるはず！　絶対そこで、さっきのリベンジをしてみせるんだから！』

おおむねそんなところだろう。

関係進展のチャンスがふいになったのを、小雪も気にしていた。

だからその分、旅行で思い出をたくさん作り、仕切り直しを図るつもりなのだ。あと、避暑地の豪華な別荘にグラグラと心が揺れている。
そのことに、直哉は深い喜びを噛みしめる。
（小雪も消化不良だよな……この旅行で必ず決めてみせるぞ！）
直哉もそんな思いを込めて、小雪の目を見てしっかりうなずく。
どうやら無事に伝わったようで小雪はパッと顔を輝かせてうんうんうなずいてみせた。
そのちょっとしたやり取りに胸が温かくなったものの――。
（……親父がなんか生温かい目をしてるけど！　気にしないことにしよう！　うん！）
法介がハワードを適当に宥《なだ》めながら、直哉と小雪に微笑ましそうな目を向けていた。
しかし直哉は羞恥心などのあれこれをひっくるめ、全部スルーすることにした。
父親にはどう取り繕ってごまかしたところで、全部無駄だとわかっていたからだ。
『いいガールフレンドができたなあ、直哉。父さんも母さんとの若い頃を思い出すよ』
『旅行に関しては感謝するけど、やかましい』
目線だけで、親子でそんな会話を交わしておく。
かくしてこの夏、最高の思い出ができることが確定した。

五章
ふたり旅

夏休みが始まって、最初の土曜日。

「うん……？」

直哉《なおや》が自室のベッドでまどろんでいると、小さな物音が聞こえてきた。

玄関が開く音。母親の話し声。

そうして続くのは、そろりそろりとした控えめな足音だ。

その足音がまっすぐ向かってくるのは、直哉の部屋で。

（……よし、狸《たぬき》寝入りしよう）

そろそろ起きようと思っていたが、こうなってくると話が違ってくる。

直哉は手早く布団《ふとん》を整え、目をつむって客人を待つ。

開け放った窓からは朝の爽《さわ》やかな風が差し込んで、カーテンをゆらゆらと揺らす。セミたちの鳴き声もまだ控えめで、実に穏やかな夏の朝だった。

そんな中、ついに部屋の扉が開かれる。

「おじゃましまーす……」

小声で断りを入れて侵入してくるのはもちろん小雪《こゆき》だ。

寝起きドッキリを仕掛けようというのに、きちんと断りを入れるあたりが律儀だった。

薄目を開けて確認すると、今日はとびきり夏らしい出で立ちだ。

白いワンピースを着こなして、頭にはつばの広い麦わら帽子。腕には細いブレスレットがきらりと光り、小物も手を抜かない徹底ぶりだ。

サンダルで来たのか、下は素足である。

そして、その手の指を飾るのは……これはあとで聞くとしよう。

足音を立てないように気を付けながら、ベッドのそばまでゆっくり歩いてくる。

そうして直哉の枕元《まくらもと》に腰を下ろした。

「うふふ、お寝坊さんね。そんな人は、何されても文句なんて言えないんだから」

直哉の顔をのぞき込んで、小雪は悪戯《いたずら》っぽく笑う。

眠っているところに仕掛ける悪戯なんて、どんなものでも可愛《かわい》いに決まっている。

（何をされるんだろうなあ……）

直哉はニヤけそうになるのをぐっと堪《こら》えて、悪戯を待つのだが――。

ぱしゃっ。

静かな部屋の中に、携帯カメラのシャッター音が響いた。

「寝顔なんて初めて見た……！　えへへ、早く来て得しちゃったわ」

小声ではしゃぎながら、小雪はなおもぱしゃぱしゃと直哉の寝顔を撮っていく。

大変楽しそうで何よりだが、直哉は胸中でぼやくしかない。

(…………うん、知ってた)

自分の好きな子は、そうそう大胆なことができる子ではない。

これはこれで嬉《うれ》しいしニヤニヤできるが、もうちょっとアクションしてくれてもいいのにと、物足りなく思う。

(よし、そっちがその気なら……)

わざとらしく寝返りを打って、小雪の方へと体を向ける。

隙を見せて、追撃を誘う作戦だ。

「あら……?」

小雪は直哉の顔をじーっと見つめてくる。

目を閉じてはいるものの、小雪の真剣な表情が手に取るように分かった。

「ふーん……まだ起きないんだ」

小雪はごくりと喉《のど》を鳴らす。

部屋の空気がほんの少しだけ張り詰めた。

布擦《きぬず》れの音が響き、小雪はそっと手を伸ばして――。

「……えいっ」

直哉の頬《ほお》を突っついた。

そのままひたすらぷにぷにと、その感触を楽しみ続ける。

目を閉じていても、小雪がぱあっと顔を輝かせて、テンションが上がっていることが分かる。

どうやら悪戯もこの程度が限界らしい。

「いやあの……もうちょっと何かあるだろ」

「ひっ」

だから直哉はぱちっと目を開いた。

その瞬間、小雪の顔が引きつって――。

「きゃああああああ！」

「うわっ」

部屋に転がっていたクッションを直哉めがけて投げつけた。

そのまま一気に距離を取る彼女に、直哉はため息をこぼす。

「寝込みを襲った方が悲鳴を上げるってどういうことなんだよ」

「そ、そんなことしてないし！　っていうか、あなた最初から起きてたわね……!?」

「さあ、何のことだか」

「この人は……ほんとにもう！」

小雪はぷるぷる震えつつも、それ以上の憎まれ口は言わなかった。

寝込みを襲おうとしたのは事実だし、何もかもバレていると分かっていたからだろう。

そのかわり、ビシッと直哉に人差し指を向けて高圧的に言ってのける。

「ともかく早く支度《したく》しなさいよ！　今日は大事な日なんですからね！」

「はいはい。もちろん分かってるって」

「まったくもう！」

小雪はぷんぷんむくれて一階へ下りていく。

それをにこやかに見送れば、部屋の前をパジャマ姿の法介《ほうすけ》が通りかかった。

階段を下りていく小雪を見送ってから、直哉に生温かい目線を投げてくる。

『いやあ、若いって良いなあ』

『だから、やかましいっての』

「あなたたち、目線だけじゃなくてちゃんと言葉で会話しなさいな。今日からしばらくは小雪ちゃんたちも一緒なんですからね」

そこにまた、母の愛理《あいり》が通りかかって白い目を向けた。

今日から笹原《ささはら》家と白金《しろがね》家による、家族旅行の始まりである。

◇

市内中心部の駅は、さすが夏休み最初の休日ということもあって遊びに行く人々でごった返していた。スーツケースを引く家族連れ、プールに行くらしい学生たち、手をつないで歩く恋人たち。

空も快晴で、絶好の旅行日和だ。

そんな楽しげな空気が満ちるホームの待合室で、小雪はいまだにふてくされていた。

「まったくもう、人をからかってそんなに楽しいのかしら」

「だから悪かったたって」

直哉は隣で苦笑する。

あれから一時間ほど経《た》ったが、朝の一件から小雪はずっとご機嫌斜めだ。どうやらからかいすぎたらしい。

直哉は買い求めたばかりのお菓子の箱を開け、小雪に渡す。

「ほら、せっかくの旅行だし楽しくいこう。な？」

「お菓子で釣ろうったってそうはいかないんだから」

小雪はジト目を返すものの、すぐにその目がキランと光った。

「む……でもお菓子に罪はないわよね、ひとつもらうわ」

「どうぞどうぞ、いくらでも」

ひとつと言いつつも、小雪の手は止まらなかった。

新商品のいちご味ラムネがよほどお気に召したらしい。

好きそうな品だと当たりをつけて確保しておいて正解だったようだ。

ひとつふたつと口に入れる度、小雪の表情がゆるんでいく。直哉はそんな小雪の指をじーっと見つめる。

（この指……まさか……）

ちょっとしたことを察してしまったが、この場ではひとまず保留しておいた。

そんなふたりのすぐ正面には笹原家と白金家が集結していた。

「ほら、見てくださいよ美空さん。この温泉、エステも付いてるそうですよ」

「まあ素敵！　よかったらご一緒しませんか？」

「もちろん。存分に羽を伸ばしましょうね」

すっかり打ち解けたらしい母親コンビは、ガイドブックを広げて旅程の打ち合わせをしていた。きゃっきゃとはしゃぐ様は女学生めいている。

その真横で、ハワードは険しい顔で法介を睨《にら》んでいた。

「いいか、今回は面倒ごとはなしだ。分かったな」

「もちろんですよ。直哉たちもいますし、大人しくしています」

「それならいいが……って、待て。どこへ行く」

「いえ、あちらのご婦人がお困りのようなので、お力になれないかと。あの様子を見るに、切符を紛失したようですね」

「言った矢先に首を突っ込むなというに……！　ええい、早く見つけて差し上げるぞ！」

なんだかんだ文句を言いつつ、法介に付き合うハワードだった。

そして、朔夜《さくや》はそんな自分の父を見て何やら真剣にメモを取っていた。

「なるほど。こういうヒロインもありかもしれない。ツッコミ系良妻ヒロイン。先生にネタを提供できるかも」

実の父を美少女化することには、一切抵抗《いっさい》がないらしい。見境がないとも言える。

そんな朔夜に、直哉は小声で問いかける。

「ところで朔夜ちゃん。桐彦《きりひこ》さんのこと、まだ答えは出ないんだな？」

「……出ないというより保留なだけ」

朔夜はゆっくりとかぶりを振る。

先日、直哉が指摘したことを、未《いま》だに認められないらしい。

とはいえ悩むそぶりはなく、きっぱりと言ってのける。

「判断を下すにはもっと情報が必要。だから、しばらくは考えないことにした」

「そっか。ま、答えが出たら教えてくれよ。どうであれ応援するからさ」

「分かった。よろしく、お義兄様《にい》」

「ふたりで何の話？」

そんなこんなでふた家族まったりしているうち、ホームに特急列車がやってきた。それとほぼ同時に法介たちも戻ってきて、全員揃《そろ》って車両の乗車口に並び始める。

直哉も荷物を持って立ち上がった。

「ここからこの特急で一時間だってさ」

「ふうん、けっこう長いのね」

「まあでも、こういう移動時間もいいものだろ。景色を見たり、わいわい騒いだりしてさ」

「……ふうーん」

それに、小雪は気のない返事をするのだった。

直哉が首をかしげる暇もなく、小雪は自分の荷物を持って、乗車口とは逆の方へ向かう。

「私ちょっと売店の方を見てくるわね。先に乗っててちょうだい」

「出発まであと十分だよ、お姉ちゃん。早くしてね」

そんな姉に朔夜が声をかける。

直哉は頰をかいて苦笑するしかない。

「あー……俺《おれ》も一応ついていくよ」

「そうか。気を付けるんだぞ、直哉」

法介がにこやかに手を振って見送ってくれた。

かくして直哉は小雪を追いかけて、ホームの小さな売店に向かう。

中にはお弁当などを物色する人々が多くいたが……小雪はその店の外で、どこか所在なさげに観光ポスターを見つめていた。

「小雪、急ごうぜ。何が欲しいんだ？」

「えっ、えっと……その」

小雪はあちこちに視線を彷徨《さまよ》わせる。

そうしてハッとして顔を上げた。

「そ、そう。さっき食べたラムネがあるでしょ。美味《おい》しかったから自分でも買っておこうかと思って。でもここだと見つからないのよね」

「あれならまだいくつも買ってるし、好きなだけやるよ」

「直哉くんに借りを作るのは嫌なの。自分で買うの」

「そっか。あれ実は某コンビニでの限定品なんだ。だから列車に乗って、降りた後で探そうか」

「ぐっ……い、今、欲しいんだもん」

小雪はうつむいて、そのまま動こうとしない。

そのすぐそばを何人かの人々が走り抜けて、特急列車にギリギリで乗り込んでいく。

急がなければ発車時刻に間に合わない。だが、直哉は肩をすくめて笑うだけだ。

「ほんとは小雪がどうしたいのか分かるよ？　でも、ちゃんと言ってもらわないとなあ。このままお姫様抱っこでもして、列車に乗せるだけなんだけど」

「うぐぬぬ……ほんっと、いい性格してるわよね……」

「いやあ、そんな褒められると照れるなあ」

「褒めてないし。断じて」

小雪はじろりと直哉を睨み、小さくため息をこぼす。

そのままふたりは売店の外で、慌ただしいホームで時間が過ぎるのを待った。

「ほんとは、ね……」

やがて小雪はぼそぼそと言葉をつむぐ。

ふて腐れたような顔だが、その頰はほんのり桜色に染まっていた。

「みんなと一緒じゃなくて……直哉くんとふたりきりで旅がしたいな……って思ったの」

「うん。よく言えました」

「……やっぱりパパたちと一緒に行こうかしら」

「残念、もう時間切れだよ」

ぷくーっと頰を膨らませた小雪に笑いかけると当時、特急列車の発車ベルがホーム中に鳴り響いた。

こうして直哉と小雪はふたりっきりで、件《くだん》の別荘地を目指すことになった。

そうは言っても特急列車で一時間の旅路だ。

のんびり会話を楽しむうちに、すぐに到着してしまうような短い距離である。

しかし……一時間経ってもまだ、ふたりはその道程の真ん中までもたどり着けていなかった。

鈍行列車のボックス席で、小雪がうなだれたまま蚊《か》の鳴くような声を絞り出す。

「…………ごめんなさい」

「えっ、まだ言う？」

スマホで経路を確認していた直哉だが、おもわず顔を上げてしまう。

小雪は肩を落とし、しょぼくれた顔をしていた。効果音を付けるとすると『ずーん……』あたりだろう。

各駅停車の列車は山の中を進んでおり、民家もほとんどなくて景色は緑にあふれている。

自分たち以外には乗客もおらず、とても静かな空間だった。

だから直哉はにこやかに言う。

「別に急ぐ旅でもないんだし気にするなって」

「でも、私のせいでこんなことになっちゃったし……」

「たまにはこういうのも悪くないだろ、のんびり行こうぜ。それより気分はどうだ？」

「う、うん。もう平気」

小雪はこくりと小さくうなずく。

言葉の通り、顔色は悪くない。おかげで直哉は一安心だった。

あれから次の特急に乗ったものの、さすがは夏休み。自由席も指定席も満員で、まともに空いた席がなかった。

おまけに小雪が乗り物酔いで真《ま》っ青《さお》になって……適当な駅で降りて一休みしてから、ゆったりとした鈍行旅を選んだのだ。

「乗り物酔いはマシになったけど……パパたちにも心配かけちゃったかも、って反省もあって……」

「大丈夫だって。うちの親父がなんとかしてくれるから」

乗り遅れたことを両親らに連絡すると、法介からは『うん、気を付けてね』という軽いメッセージだけが届いた。直哉が追いかけた時点で、この展開をだいたい察していたらしい。

ハワードはかなり心配して引き返そうとしたようだが、法介がそれとなく説得して引き留めてくれた。

そう説明すると、小雪は引きつった笑いを浮かべてみせる。

「やっぱり直哉くんのお父さんにはバレバレだったたんだ……やっぱり天然チート、主人公枠よねえ。そしてそれに付き合うパパはやっぱりヒロイン枠なのかしら」

「唆《そそのか》して旅行に連れてきた俺が言うのもなんだけど、正直大変だと思う」

おそらくこの旅行でハワードの胃が大変なことになるだろう。なんだかんだ文句を言いつつも、人がいいので放っておけないらしい。

今頃《いまごろ》貧乏くじを引きまくっているであろうハワードに、直哉は胃薬をプレゼントすることを心に誓った。

「まあともかく、親父たちの方は心配ないって。だから俺たちも旅を楽しもうぜ。そろそろ見えてくる頃だし」

「何が……？」

首をかしげる小雪に、直哉は悪戯っぽく笑って席を立つ。

田舎の旧式電車のため、窓の開閉が可能なタイプだった。

ぱっと窓を上げると同時——左右を挟んでいた木々が途切れ、かわりに現れるのはまぶしいほどの青だ。

小雪がぱっと顔を輝かせる。

「わあ、海だわ！」

山を抜けた先には、見渡す限りの大海原が広がっていた。

白い砂浜にしぶきを上げて波が押し寄せ、散歩の犬がはしゃいでいるのが見える。

突き抜けるような青空には大きな入道雲が出ているし、そのまま切り取るだけで夏という季節すべてを表せそうな風景だった。

そしてその景色は、しょぼくれていた小雪の心を動かすのには十分すぎるものだった。キラキラと目を輝かせながら海を眺め、空を飛び交う海鳥を指さしてはしゃぐ。

そんな彼女に、直哉は柔らかく笑いかけた。

「なあ、そろそろお昼だろ？」

「うっ、うん……」

小雪の肩が小さく跳ねる。

視線をあちこちさまよわせてから、

「えっと、その……っ、次の駅で降りて……コンビニでも行く？」

「それよりいいのがあるじゃんか」

「へ？」

小雪の荷物——スーツケースの上に乗っかった大きめのリュックサックを指差して、直哉はあっさり提案する。

「そのお手製弁当、そろそろ食べていいかな？」

「やっぱりバレてた⁉」

小雪は頭を抱えて悲鳴を上げた。

そのまま席に腰を下ろし、再度がっくりとうなだれてしまう。

「ううう……驚かせようと思ったのに……やっぱり直哉くんにサプライズとか難易度が高いわ……」

「いや、それだけ指に絆創膏《ばんそうこう》を貼《は》ってたら俺じゃなくても気付くって」

朝、部屋に来たときから気付いていたが、タイミングを待ってツッコミを保留していたのだ。

道中でもリュックサックの中身を気にかけていたし……直哉が仮に鈍感ラブコメ主人公だったとしても、さすがに察する。

またしょげ返ってしまう小雪に苦笑しつつ、直哉は列車の進行方向を指し示す。

「それでさ、この次の駅。すぐそばに、海辺の公園があるんだって。せっかくだし、海を見ながら食べないか？」

「い、行く！」

落ち込みもどこへやら、またもぱっと顔を輝かせる小雪だった。

こうして降りた駅は無人駅で、あたりにはコンビニも皆無だった。

それでも辛うじて自動販売機はあったので、冷たいお茶をふたり分購入。そこからのんびりと海辺の遊歩道を歩いた。

夏の日差しがそこそこ厳しいものの、海からの風が気持ちいい。

「いやあ、それにしても楽しみだなあ。小雪の弁当」

スーツケースを二人分引きながら、直哉はニコニコと上機嫌だ。

何しろ人生初、好きな子のお手製弁当だ。

男ならまず間違いなくテンションの上がるシチュエーションである。

「朔夜ちゃんと一緒に作った炭とかは食べさせてもらったことあるけどさ、小雪ひとりの手料理は初めてだろ」

「炭じゃなくてクッキーだし……ハードル上げないでよね」

小雪は眉《まゆ》をへにゃっと下げてみせる。

麦わら帽子をしっかり被って、件のリュックサックを背負っていた。

海へ視線を向けながら、どこか気まずそうに言う。

「言っとくけど、あんまり期待されても困るからね。自分で言うのも何だけど、あんまり見栄えはよくないし……」

「いや、そんなの関係ないって。問題は味だろ」

「味も……どうかなあ……一応味見はしたけど」

小雪はなおも難しい顔をしたままだ。

作ったはいいものの、どうやら自信がないらしい。直哉が言い出さなければ、弁当を持ってきたなんてずっと言い出せなかったことだろう。

だから直哉はにこやかに言う。

「俺は小雪の舌を信じるよ。それにさ、小雪って美少女じゃん？」

「なっ……急に何⁉　何の話⁉」

「こんな美少女が作ってくれたってだけで、何倍も美味《うま》く感じるに決まってるだろ。付加価値ってやつだよ」

「そ、そういうものなの……？」

「もちろん。だから自信持てって。小雪が作ってくれたものなら、俺には消し炭だってご馳走になるんだからさ」

「今回はそこまで酷《ひど》くありません！」

直哉の軽口に、小雪は目をつり上げてツッコミを入れる。

そのままつーんと澄ました顔をしてみせるのだ。

「ふん、そこまで言うのなら心して食べなさいよね。それで誠心誠意褒め讃《たた》えないと許さないんだから」

「うん。とりあえず弁当の写真、めちゃくちゃ撮るからよろしく」

「まさか、朝の仕返しのつもり……!?」

そんな話をする内に、とうとう公園に到着した。

他にも家族連れが何組かいるものの、人も少なく静かな場所だ。波の音が響き、高台からはあたりの海が一望できる。

どうやらこの近辺は遊泳禁止らしく、遊びに来る人は少ないようだ。

「あそこなんかいいんじゃないか？　屋根になってるし」

「そうね、行きましょうか」

公園の片隅に、東屋《あずまや》のような場所があった。

屋根の下には大きめの机と椅子が置かれていて、日差しを気にせずゆっくりできそうだ。

「それじゃ、準備するから手伝いなさいな」

「はーい」

小雪に言われるままに食事の用意をととのえる。リュックサックを開けばピクニックシートや取り皿、割り箸などが入っていた。

保冷剤もたっぷり中に入っていたし、けっこう用意周到だった。

（これ、昨日の夜くらいから準備してたんだろなあ……）

そういえば、昨夜日程の確認がてら連絡したところ、ずいぶん返信がそっけなかった。

旅行の準備に追われているのだと思っていたが……どうやら違っていたらしい。

さすがに携帯のメッセージだけでここまで見抜くのは直哉には無理だ。法介ならできるかもしれないが。

そんなこんなで、あっという間にセッティングは完了した。

机に鎮座するのは二段の重箱だ。

直哉の対面に腰を下ろし、小雪はどこか緊張したような面持ちで口を開く。

「最近お料理の練習もしたし、せっかく遠出するんだし……で、思い切って作ってみたの」

「うん。本当にありがとう。どんな弁当だろ、楽しみだなあ」

「そうは言っても、直哉くんなら入ってる物とかだいたい分かるんじゃないの。私の指の怪我《けが》とかで」

「まあ分かるけど。実際見る楽しみってあるじゃんか」

「ふうん……ま、いいけど」

小雪は覚悟を決めるように、ごくりと喉を鳴らし――。

「それじゃあ……どうぞ召し上がれ」

ゆっくりと重箱の蓋を開いていった。

重箱の中身は、とてもしっかりしたお弁当だった。

ラップにくるまれたおにぎりがいくつかと、卵焼きにタコさんウィンナー。プチトマトにミートボール……などなど。隙間《すきま》なく詰め込まれたおかずたちは彩《いろど》り豊かで、見るだけでお腹《なか》が減ってくる。

直哉は素直な快哉《かいさい》を叫ぶのだ。

「すごいじゃん！　めちゃくちゃ美味そうだ！」

「そ、そうでしょ、ふふん」

その反応に小雪がほんのすこし、ホッとしたように表情をゆるめる。

しかしそれでも少しは不安なのか、重箱に目を落としてため息をこぼしてみせた。

「でもミートボールは市販の物だし、ウィンナーは茹《ゆ》でただけだし、卵焼きはちょっと焦《こ》げちゃったし……他も簡単な物しか入ってないわよ？　見れば分かると思うけど」

絆創膏だらけの手をかざして、またため息を重ねる。

「ウィンナーをタコにするだけで指を切るし、卵焼きを作ってて火傷《やけど》はするし……やっぱりお料理はまだまだだわ」

「なに言ってるんだよ、十分頑張ったんだろ」

「まあ、たしかにちょっと早起きしたけど……」

頬を染め、ごにょごにょと言う小雪に、直哉はにっこりと笑う。

「初めてでこれなら、上出来どころか満点だよ。本当にありがとう、小雪」

「うぐっ……べ、別に、ちょっと作ってみたくなっただけなんだから。ほら、もういいから早く食べなさいよね」

「はいはい。それじゃ、いただきまーす」

耐えかねた小雪に急かされるまま、重箱へ箸をのばす。

まずは卵焼きだ。すこし不格好で、薄茶色に焦げたそれを一口かじる。

よーく噛みしめてから飲み込んで……ドキドキと感想を待つ小雪に、簡潔に告げた。

「うん。美味い」

「よかったあ……」

小雪はほっと胸を撫《な》で下ろし、同じように卵焼きをつまむ。

「うーん、たしかに味はまあまあだけど……もうちょっと綺麗《きれい》にできたらいいのに」

「こういうのは慣れだしなあ。小雪ならすぐ上達するよ。味見は任せてくれよな」

「気が向いたらね」

つーんとそっけなく言いつつも、小雪の顔は真剣だ。

脳内で卵焼きのシミュレーションをしているらしい。夏休みが明けたら、毎日お弁当の卵焼きを味見させてもらえる気がした。

こうしてふたりは海を眺めながら、お弁当を食べ進めていく。

他のメニューも、もちろんどれも美味しかった。

おにぎりの中身は定番の梅干しとおかかで、汗をかいた身に塩分がしみる。お茶をぐっと飲んで、直哉はほうっと吐息をこぼす。お世辞抜きで美味かった。

「ほんとに美味いよ。初心者とは思えないな」

「ふふん、そうでしょ。私は何だって完璧《かんぺき》なんだから」

お弁当を食べるうちに小雪もいつもの調子が戻ったようで、得意げに胸を張る。

「朔夜が『ラブコメのヒロインたるもの、料理下手って個性もありだよ、お姉ちゃん。このチョコレートとかチューブわさびとか、おにぎりの具材にどう？』とか茶々を入れてきたけど、台所から追い出して正解だったわ」

「あはは……そういうサプライズは求めてないかな」

小雪が作った物なら何でも食べる覚悟だが、やっぱり美味しい物が食べたい。

（たまにポンコツだけど、こういうところはしっかりしてるんだよなあ……うん？）

しみじみとおにぎりと頬張《ほおば》っていると——小雪がじーっと直哉の顔を見て、そっと手を伸ばしてきた。突然の行動に目を瞬かせる間に、彼女の指先がそっと頬に触れ、すぐに離れていく。

小雪は指先についたご飯粒をぱくっと咥《くわ》えて、何事もなかったかのように言う。

「ついてたわよ」

「あ、ありがと」

直哉はぎこちなく礼を言うことしかできなかった。

そのまましばし会話が途切れ、波の音と遠くで子供がはしゃぐ声だけが聞こえてくる。

無言で弁当を食べ進めたあとで、直哉は意を決して小雪の頬に手を伸ばした。

先ほど自分がしてもらったように米粒を取ってやり、ぱくっと咥える。

「……小雪もついてたぞ」

「あっ……ありがと」

小雪は真っ赤な顔でお礼を言って……そこでぴしっと凍りつく。

直哉の顔をうかがって、かすれた声で問うことには。

「………今のもひょっとして、私がして欲しいって思ってるの、分かったの？」

「まあ、うん」

「ほんっとやりにくい……！」

「そりゃ、そんだけ口元に米粒つけてたら分かりやすいっての……」

わざとらしく付けるシーンもばっちり目撃していたし、その後ちらちらこっちを見てきたし、『早くやって！』という圧がすごかった。

照れ隠しに怒る小雪に苦笑を向けつつ、直哉は自分の右手人差し指をそっと見る。

（唇、ちょっと触っちゃったな……）

あれからリハビリを経たとはいえ、先日のファーストキスが脳裏をよぎる。

ドキドキをやり過ごしつつ直哉は弁当を綺麗に食べきった。

それから、ふたりは浜辺を少し歩くことにした。

電車の時間まで少し余裕があったからだ。

夏の日差しが照りつけて浜辺の砂はキラキラと輝き、潮騒《しおさい》の音だけが響く。電車の中からは犬の散歩をしている人が見えていたが、今はふたりの他に誰《だれ》もいなかった。

浜辺を貸し切りということもあってか、小雪のテンションは非常に高い。

「わあ！　見て見て、カニさん！　カニさんがいるわ！」

「うん、そうだな、カニさんだな」

浜辺をちょこちょこ歩くカニを見つけて、小雪は声を弾ませる。

磯の生き物を見つけたり、貝殻を拾ったり、遠くの方に見える船に手を振ってみたり。

遊泳禁止だし、それほど長い時間はないしで、ささやかな浜遊びしかできないが……そうしたささやかな積み重ねが、胸にじーんとしみた。

（いいなあ、こういうの……やっぱ、親父たちと別行動してよかったな）

小雪が売店に向かったとき、もちろん直哉はその意図に気付いていた。

団体行動から外れることを叱るべきだったし、みんなが心配することも分かっていた。

それでも直哉は小雪の誘いに乗ったのだ。

（その分、ちゃんと無事に到着しないとな。親父と約束したし）

それが、見逃す条件に法介と約束したことだった。

察しのいい親子同士なら、目線だけで契約を交わすくらいわけはない。

直哉がそんなことを考えているともつゆ知らず、小雪はカニが砂にもぐったのを見届けて、沖合をぼんやりと眺めて言う。

「毎年夏はね、うちは家族四人で旅行するのが習慣なの」

「ああ、小雪の家は仲いいもんなあ。行き先はやっぱり海が多いのか？」

「そうね。国内の海もよく行くけど、イギリスのおじいちゃん家《ち》も海が近いの。だから夏の思い出って言ったら、ほとんどが海なのよ。クルーズ船に乗ったり、海辺でココナッツのジュースを飲んだり……」

「さ、さすがはお嬢様だな……」

そういえば、それなりに大きな貿易会社社長のご令嬢だった。

当人の庶民感覚が強いのですっかり忘れていた。

これまで夏を過ごした海と比べれば、こんな何もない砂浜など退屈だろう。

しかし小雪は薄くはにかんで、直哉の顔を見つめてくる。

「でも……こういう何にもない海っていうのも、悪くないかもね」

「『人生最高の海』だって？」

「は、はあ？　言ってないでしょ、そんなこと。まあ、庶民の直哉くんにはお似合いかもしれないけど」

小雪はつーんと澄《す》まして言う。

いつもの照れ隠しだ。直哉が苦笑していると、小雪はごにょごにょと続ける。

「で、でも……直哉くんがこういう海が好きって言うのなら、付き合ってあげるわ」

窺《うかが》うようにこちらを見て、真剣な顔で小雪は言う。

「だから来年も、その次も……私を海に連れて来てくれる？」

「も、もちろん」

その大胆な告白に、直哉はぎこちなくうなずくことしかできなかった。

相手の心が読めたり、色んな事が先読みできたとしても、ドキドキするのはどうしようもない。

そのままふたりの会話は途切れ、ただ隣り合って沖合を見つめ続けた。

だがそれは決して気まずい時間ではなく、たしかに心が通い合っているのを感じた。

「う、うん？」

そんな甘酸っぱい思いに浸っていて、ふと直哉は空を見上げる。

そこでさーっと顔から血の気が引いていくのを感じた。

「ま、マズい……！」

「マズいって何が……？　電車はまだ余裕でしょ」

「違うんだって！　急がなくっちゃ……」

「きゃっ、な、なに⁉」

小雪の手を摑《つか》んで、スーツケースが置いてあるコンクリートの小道までひた走る。

その背中に、むくむくと育った雲から、いくつかの雨粒が落ちてきて——あっという間に足下が見えなくなるほどの大雨が降り出した。

「夕立だ！」

「きゃーーー！」

こうしてふたりは濡《ぬ》れ鼠《ねずみ》になりながら駅までダッシュした。

後から思い返すとこれはこれで悪くない思い出になったものの、このときはふたりとも必死だった。

海岸から駅までは徒歩十分ほどだったが、全力ダッシュのおかげかその半分足らずの時間でたどり着けた。

無人の駅に、他に電車を待つ人影は見当たらない。

公園には他にも親子連れがいたはずだが、彼らもどこかで雨宿りしているのだろう。

ざあざあと降りしきる雨は横降りだ。

あたりの景色は霧が出たようにかすんでしまい、駅のすぐ目の前にあった自販機ですら薄ぼんやりとしか見えなかった。

「ううう……酷い目にあったわ」

小雪はがっくりうなだれてため息をこぼす。

全身ぐっしょり濡れていて、髪からは大粒の雫《しずく》がしたたり落ちる。

麦わら帽子も意味をなさなかったらしい。帽子を脱いでばさばさ振る彼女に、直哉は頬をかいて頭を下げる。

「ごめんな、俺が早めに気付けりゃよかったんだけど……」

「な、直哉くんのせいじゃないわ。あなたに天気予報機能まで期待していないから大丈夫よ」

小雪はくるっとこちらを向いて、慌てたように言う。

「暑いからすぐ乾くと思うし。電車が来るまでにはなんとかなるでしょ」

「うっ、うーん、まあ……そうだな、うん」

「なによ、その変な反応は」

直哉はさっと目線をそらして、あいまいな返事をすることしかできなかった。

いぶかしげな小雪をひとまず置いて、自分のスーツケースをがさごそ漁《あさ》る。

目当ての物はすぐに出てきた。大きめのバスタオルだ。それを小雪にずいっと突き出す。

「とりあえずこれ。使ってくれ」

「えっ、なんでそんなの持ってるの？　別荘にタオルとか全部あるって言われてたのに」

これから行く別荘では、管理人が人数分の日用品をすべて準備してくれるらしい。女性はあれこれ物が必要かもしれないが、男の直哉は最低限の着替えだけで事足りる。

それなのにバスタオルを持ってきた理由なんて、ひとつしかない。

「テンション上がった小雪が、水たまりで転んだりするかなーって……一応準備しておいたんだ」

「直哉くんは私のこと、幼稚園児か何かだと思っているわけ……？」

小雪がジト目を向けて、ついでにバスタオルを押し返してくる。

「いいわよ、直哉くんが先に拭きなさいな。帽子がなかった分、私より濡れちゃったでしょ」

「俺は大丈夫だから。小雪は、ほら……さ」

直哉はそれをまた押し返す。

なおも視線はしっかり逸らしたままだ。

不思議そうに首をかしげる小雪に、とうとう真実を打ち明けることにした。

「服……透けてるから」

「へ？」

小雪がぴしりと凍りつく。

そのまま視線がゆっくりと下に落ちていった。

白いワンピースは雨に濡れ、素肌にぺったりと貼り付いてしまっていた。おかげで体の線と、薄ピンクのブラジャーの細かな花模様が完全に透けていて――。

「きゃあああああああ⁉」

雨音にも負けないくらいの悲鳴が駅の待合室に響き渡った。

バスタオルをひったくって、小雪は自分の体にぐるぐると巻き付ける。

おかげでようやく直哉はほっと胸を撫で下ろすのだが……小雪からは射殺《いころ》さんばかりの鋭い視線（涙目）が飛んできた。

「み、見た……？」

「……ばっちり見ました」

嘘《うそ》をついても無駄なので、そこは正直に白状する。

おかげで小雪の顔がぼんっと音を立てて真っ赤に染まった。

そのままぷるぷると震え始めるので、直哉は慌てて慰《なぐさ》める。

「いやほら、こないだ水着を見せてもらっただろ。あれと似たようなものじゃん。な？」

「全然違うでしょ！」

「まったくその通りだと思います」

ぴしゃっと切り捨てられたし、直哉自身もそう思ったので二の句が継げなかった。

水着のときの方が布面積は小さいし、もちろん肌の露出も大きい。

それでも透けた下着の方が、何倍も扇情的《せんじょうてき》だった。ブラジャーが過激なデザインではなく、どちらかといえばシンプルなタイプなのが、またエロさに拍車をかけているような気もする。

わりとしっかり見てしまったので、おそらく一生脳内メモリに保存されることだろう。

「なんか……えっちなこと考えてるでしょ」

「あはは、なんのことだか……」

小雪がじとっと睨んでくるので、直哉はさっと目をそらしておいた。しかし誤魔化《ごまか》しきれなかったのか、小雪はぷいっとそっぽを向いてしまう。

「もう！　直哉くんのえっち！」

「ごめんごめん……」

平謝りしつつ、小雪から少し離れたベンチに腰を下ろす。

さすがにすこし反省したのだ。

ちらっと時計と時刻表を見れば、次の電車まではあと二十分ほどだった。

（このあと多少寄り道したとしても、夕方には目的地に到着できるな。まあ順調ってとこか）

今のうちに、法介に到着予想時間を連絡しようか。

そう思って携帯を取り出そうとするのだが――。

「へっくしゅ」

「えっ」

そこで、小さなくしゃみが出てしまった。

おかげで小雪がハッとしてこちらを見る。先ほどまでつり上がっていたはずの眉はへの字に曲がってしまっていた。

「直哉くん、寒いの？　大丈夫……？」

「ああ、大丈夫だって。たしかにちょっと冷えてきたけど、なんともないからさ」

「でも直哉くん、この前風邪《かぜ》を引いたばっかりだし……」

「一ヶ月以上も前の話だろ。平気だって」

寒気もないし、熱っぽくもない。単にすこし鼻がむずむずしただけだ。

大雨のせいであたりの気温も少々下がり気味だが、肌寒さを感じるほどでもない。

それなのに小雪は真剣な顔で直哉をじーっと見つめてくる。

そうしてやがて覚悟を決めたように、重々しく告げた。

「……分かった」

「へ、なにが………ちょっと待った⁉」

一瞬ぽかんとした直哉だが、すぐに小雪の意図が分かった。

慌てて制止の声を上げるものの、それはむなしく雨にかき消されるだけだった。

小雪はすっくと立ち上がり、ためらうことなくワンピースを脱いだ。

しっとり濡れた下着姿が、待合室のぼんやりした蛍光灯に照らされる。

直哉はおもわず頭を抱えて叫んでしまう。

「だから待てって言っただろ⁉」

「うるさい！　あなたも脱ぎなさい！」

「ちょっ、待て、まっ、ぎゃあああ⁉」

下着姿の女子に迫られて、まともに抵抗できる男などめったにいないだろう。

直哉もあっさりシャツを剝《は》ぎ取られ、上半身裸になる。

小雪はその隣にどすんと腰を下ろし、自分と直哉にバスタオルをぐるぐると巻き付ける。濡れた素肌同士がぺたりとくっついたので、直哉はひゅっと息を吞《の》んだ。

一方、小雪は取り繕《つくろ》うように言ってのける。

「ほ、ほら、雪山で遭難したときは、こうして素肌で温め合うって言うし」

「真夏だけどな……⁉　誰か来たらどうするんだよ⁉」

「どうせこの雨だったら誰も来ないわよ。監視カメラもなさそうだし、こうしておいた方が服もすぐに乾くと思うし」

「そ、それはそうかもしれないけど……！」

いつの間にか、脱いだ二人分の服は風通しのいいベンチの背にきちんと干されていた。着たままでいるよりは、たしかにすこしは乾くスピードも速いことだろう。

(理にかなっていたとしても……！　これはまずくないか⁉)

濡れた素肌で密着する……この前のプールと同じようなシチュエーションだ。

だが下着姿の小雪と白昼堂々となると、まったく話は変わってくる。

夏の暑さとはまた違った理由で、じんわりと肌が汗ばんでいった。

まったく同じ感想を抱いているのか、小雪の肌もほんのり火照《ほて》り始める。

会話が途切れそうになるものの、直哉は無理矢理に言葉を絞り出した。

「き、気遣ってくれるのは嬉しいけど……無茶苦茶するなあ……」

「だ、だって……」

小雪はごにょごにょと言葉を濁し、ばつが悪そうに視線を逸らす。

「直哉くんがまた風邪を引いたら、旅行中一緒に遊べないでしょ。そんなの嫌だもん」

「だからって、女の子が男の前で服を脱いじゃダメだろ……」

「へ、平気だし。だってこの前水着を見られたし。下着も一緒よ」

「さっきと言ってることが真逆だし……」

直哉は天井《てんじょう》を仰《あお》いでぼやくしかなかった。

ともあれ雨で気温も下がったせいか、ぴったり密着した素肌が心地良いのは事実だった。

(ありがたく受け止めるか……心臓は持ちそうにないけど)

心配してもらえるよろこびはあるものの、こんな状況に耐性があるはずもない。

口から心臓が飛び出しそうなほどにドキドキするし、身動きひとつできなかった。

結局それから二の句が継げず、ふたりそろって押し黙ってしまうのだが——。

「へくちっ」

「えっ」

ふいに、かわいいくしゃみが待合室に響く。もちろん自分のものではない。

見れば小雪が小さく鼻をすすっていた。鼻先はほんのり赤くなっていて、かわりに唇がすこし青い。

おかげで直哉は顔をしかめてしまうのだ。

「俺より小雪の方が寒いんじゃないか？　タオル、ほとんど俺に譲ってくれてるだろ」

「えっ、な、なんのことかしら。寒いわけないでしょ。隣に直哉くんがいて暑苦しいくらいよ」

そう言いつつも呂律《ろれつ》が怪しく、強がっているのが明白だった。

直哉と自分をバスタオルでぐるっと包んでいるものの、小雪の方は長さが足りずに脇腹《わきばら》が露出してしまっている。

ぺったり直哉と密着しているといっても、やはり少しは寒いらしい。

かといって無理矢理タオルを押しつけても、小雪は納得しないだろうし――。

「うーん、それじゃ……こうしようか」

「へ、何……きゃっ⁉」

意を決し、小雪の方に体を向ける。

そうして、きょとんとした彼女の太ももの下に腕を差し込み持ち上げた。

すこしだけお尻《しり》を触ってしまったが、それを指摘されるより先にやりたいようにやる。自分の足の間に小雪を座らせ、それでタオルを羽織れば、二人羽織の完成だ。

直哉はぎくしゃくしながらも声をかける。

「こ、これなら、さっきより暖まるだろ」

「うっ……うん、そ、そう、ね……うん」

小雪はガチガチに硬くなりながら、なんとか同意の言葉を絞り出した。

恥ずかしさが限界を突破しているものの、押しのけるほど嫌ではない。むしろ『すごい！漫画みたいなシチュエーションだわ……！』とかなんとかでドキドキしているようだった。

髪の隙間から見える小雪の耳は、熟れた苺のように真っ赤っかだ。

とはいえ、それは直哉にも言えたことで――。

（あっ、これはまずい……さっきよりもっといい匂《にお》いがする……！）

隣にいるときも、もちろんいい匂いはしていた。

それでも、こうやって背後から直に首筋や髪の匂いを嗅ぐのとでは、まったく話が違っていた。

シャンプーと汗の匂いが入り交じった甘い香りが鼻腔をくすぐる……というより、脳髄《のうずい》を揺らす。

おまけに背もたれのようにされているため、ブラジャーの感触がよくわかった。

オーソドックスな、後ろで留めるタイプのものらしい。おもわず手を伸ばしそうになるのを、ぐっと堪える。

（ダメに決まってるだろうが……！　鎮まれ俺の煩悩《ぼんのう》……！）

直哉は膝《ひざ》の上で手をぎゅっと握る。

しかしそこでふと、脳裏にひらめく物があった。

（待てよ……？　ひょっとして、今がそのチャンスなんじゃ……）

先日、法介たちのせいで逃した告白の機会。

それを今回の旅行で達成するというのが、こっそり立てた目標だった。

今この駅には直哉と小雪のふたりだけで、邪魔が入る余地もない。

絶好のチャンスだと思われたが……。

「あの、小雪……」

「う、うん……？」

直哉はおずおずと問う。

「ここで……この前、俺の家でできなかったこと、してもいいかな……？」

「っ…………」

小雪はびくりと身をすくめ、たっぷりと悩んでから絞り出すようにこう言った。

「……ダメ」

そのまま身を縮めて、か細い声で続ける。

「だって、その……ちょっと……こう……今は……ね？」

「わかる……」

不明瞭なはずの小雪の台詞《せりふ》に、直哉は力強くうなずいた。

要約すると『シチュエーションがちょっとえっちすぎる……』である。

何ら異論が見当たらなかった。

それはそれで思い出になるのかもしれないが、旅行はまだ始まったばかりだ。

こんなシチュエーションで告白してしまったら、残り日数ずっとまともに目も合わせられない予感がした。特に小雪が。

（うん……恋愛初心者には刺激が強すぎるよな……）

告白は後のお楽しみに取っておこう。決して怖《お》じ気《け》づいたわけではない。

「えっと、その……それじゃ、またの機会にお願いします……」

「う、うん……雨、止《や》まないわね」

「そうだな……」

そのまましばし、ふたりはしどろもどろの天気の話で場をつないだ。

六章　祭りの罠

緑鮮やかな山中に、その豪邸はそびえていた。

二家族が過ごすには多すぎるほどの部屋数を誇り、小さいながらもプールや露天風呂も完備している。庭も広いのでバーベキューも可。

リビングも広々していて、備え付けのソファセットは革張りの一級品だ。

そんな一角で、直哉《なおや》は嘆息《たんそく》する。

手元で操作しているデジタルカメラには多くの写真が保存されていた。

「さすがは朔夜《さくや》ちゃんだなあ。どの写真もすっごくいいよ」

「お褒めに与《あずか》り恐悦至極《きょうえつしごく》」

正面に座って棒アイスを食べていた朔夜が、かしこまった調子で敬礼してみせる。

すでに二家族合同旅行は三日目に突入していた。

初日は直哉と小雪《こゆき》がみなとはぐれて別行動を取ってしまったものの、駅で雨宿りしたあと電車に飛び乗ってからは、特に大きなハプニングもなくこの別荘にたどり着くことができた。

はぐれてしまったことを、直哉はハワードに謝罪したものの――。

『すみませんでした、お義父《とう》さん。お騒がせしました』

『何を言うか、直哉くん』

ハワードは重々しくかぶりを振った。

『きみはうちの小雪を、児童誘拐未遂事件やら宝石窃盗未遂事件に巻き込んだかね？』

『い、いえ……？』

『では、乗客のひとりが列車の乗り換えを巧妙に利用し、傷害事件のアリバイ工作を行っている最中であることを見抜き、大捕物《おおとりもの》を演じたりなどは？』

『あるわけないです』

『だったら上出来だ。きみに小雪を預けて良かった……！』

『やっぱり道中大変だったみたいですね……』

法介《ほうすけ》が事件の気配を嗅ぎつけて、それらを未然に防ごうとして……道中いろいろとあったらしい。どんな些細《ささい》なことも見抜いてしまう上にお人好しのため、やたらと事件に首を突っ込むのが癖《くせ》なのだ。

付き合わされたハワードは文句たらたらだったが、朔夜と母親コンビは蚊帳《かや》の外でまったり旅を楽しんだらしい。

ともかく初日はドタバタしたが、それからはまっとうに夏の旅行を楽しんだ。

巨大アスレチック施設やら温泉、マリンスポーツに釣り堀……と数々の思い出がカメラの中に詰まっていた。

「あっ、これは昨日海に行ったときの写真だな」

「うん。お姉ちゃんがナマコを踏んで転んだ瞬間もばっちりだよ」

別荘のすぐ近くにある海水浴場は広く、海水も非常に澄んでいた。

カナヅチの小雪は最初こわごわと海に入っていたが、直哉と水遊びをする内に緊張が解けたらしい。写真の中では弾けんばかりの笑顔を浮かべている。

「ああ、バーベキューのときも撮ってたなあ……ちゃんと肉は食べられたか、朔夜ちゃん」

「心配ご無用。肉は当然確保したし、お義兄《にい》様とお姉ちゃんのイチャイチャを堪能できたから大満足。二重の意味でごちそうさまでした」

「それならよかったけど……どの写真でも親父が生温かい目を向けてるのはどうにかならないのかな、これは」

バーベキューの串を差し出す小雪と、それを受け取る直哉。

そんな微笑ましい光景のバックでは、父親の法介が目を細めて見守っていた。

法介は何かというと直哉と小雪をふたりきりにしようとしてくれて、それとなーく気を遣われているのを感じて目眩《めまい》がした。

遠い目をする直哉をよそに、朔夜はきょろきょろとあたりを見回す。

「あれ？　そういえばうちのパパとおじ様、今日は見当たらないね」

「ああ。昨日知り合ったお婆《ばあ》さんにお呼ばれされたんだと」

なんでも相当な大富豪らしく、夫の十三回忌に際して、知人らを集めたささやかなパーティを開くらしい。そういうわけで朝早くから隣町に出かけていった。

朔夜は棒アイスをふりふり振りつつ「ふむ」と考え込む。

「つまりそれって、二時間サスペンスドラマの導入？」

「大丈夫、死傷者は出さないのがうちの親父のモットーだから。事件が起こる前に全部解決すると思うよ」

「どのみち厄介ごとには変わりなさそうね。そっちについて行くのも面白《おもしろ》かったかも」

「お義父さんは心底辟易《へきえき》した顔でついて行ったけどな」

なんだかんだ言いつつも付き合うあたりがお人好しすぎる。

それはそれとして、直哉はデジタルカメラを朔夜に返して背伸びをする。

「小雪とお袋たちがコンビニから帰ってきたら、みんなでカフェに行くんだっけか。小雪が欲張って頼んだ大盛りパフェの残りを、かわりに食べる重大な仕事が待ってるだろうなあ」

「それも胸躍《おど》るイベントだけど。お義兄様、計画は大丈夫なの？」

朔夜は首をこてんとかしげる。

「この旅行でお姉ちゃんを落とすつもりなんでしょ。もう残り日数は少ないよ」

「たしかにあと二日しかないけどさ」

予定では明後日の朝にここを発つ。

つまり今日を入れても丸二日しか猶予《ゆうよ》がない。

「お姉ちゃんは夏の旅行をしっかり楽しんでいたけど、だからって告白ができるような甘い空気は難しいよ。だって私たちがいるんだもの」

「俺《おれ》だってさすがに親の前で公開告白とかしたくないからなあ……」

小雪への思いは法介に筒抜けだが、だからといって開けっぴろげにいけるはずもない。

だがしかし告白を諦《あきら》めたわけではない。手はきちんと打っておいた。

懐《ふところ》から取り出すのは二枚のチケットだ。

「切り札は用意してある。これだよ」

「それは……なるほど。告白にはぴったりのスポットね」

棒アイスを一気にかじり尽くしてから、朔夜は立ち上がって大きな窓を開ける。

その瞬間、クーラーの効いた室内に潮騒《しおさい》の音とムッとするような熱気が入ってきた。

別荘からは海辺が見渡せて、そこから延びる橋の先には人工島が広がっている。

島にはショッピングモールやコンサートホールが並んでおり、大きな建物が立ち並ぶその向こうには観覧車が優雅に回っていた。

窓枠に頬杖《ほおづえ》をついて、朔夜はふむふむとうなずく。

「あそこの遊園地に、お姉ちゃんを誘うつもりなんだ」

「そう。明日は小雪も予定がないはずだし、きっと乗ってくれるはずだ」

この別荘に来る前に下調べは済ませていた。どうやらアトラクションの種類も多く、夜にはライトアップと花火が楽しめるらしい。

直哉はぐっと拳《こぶし》を握り、天に向けて突き上げる。

「夜まで遊園地を楽しんで、花火を眺めながら小雪に告白し直す……！　どうだ、完璧《かんぺき》な作戦だろう！」

「なるほど、抜かりのない計画ね。さすがは狩人《かりうど》モードのお義兄様」

ふたりっきりで遊園地。

デートとしては王道だし、ふたりにとっては初めての経験だ。

だからきっと小雪のテンションはうなぎ登りになることだろう。

勝利はまず間違いない。

（ただまあ、これをクリアした後は、また『もう一度キスする』って目標が立ちはだかるんだけどな……）

今は直哉ひとりだけキスのことを覚えていて、悶々《もんもん》としている状態だ。

それを小雪にも改めて体験してもらって、同じように悶々としてもらう。

それが今のところの最終目標ではあるものの——道のりは遠いだろう。

（まあいい……今の俺にできるのは、小雪に告白することだ。まずはそれを確実にクリアする！　ここからが本当の攻撃だ！　見てろよ、小雪！）

直哉はぐっと拳を握る。シリアスめいた独白ではあるものの、単に好きな子と付き合ってキスしたいという欲望なので締まらなかった。

そんな直哉の手に、朔夜がそっと手を重ねてくる。

彼女はほんのわずかに唇を持ち上げて、ふんわりと笑う。

「おめでとう。とうとうお義兄様とお姉ちゃんが結ばれるときが来たんだね。今まで見守ってきたから嬉《うれ》しく思うよ」

「ありがとう、朔夜ちゃん。お姉さんのことは俺が必ず幸せにするからな」

直哉はじーんとしてしまい、朔夜に熱い胸の内を語った。

しかしすぐに察して真顔になり、その手をそっと振りほどく。

「でも、告白シーンの撮影係は間に合ってるんで。今回尾行はナシでよろしく」

「ちっ……そこをなんとか。減るものじゃないんだし」

「ダメです。小雪の寿命が間違いなく減るだろ」

カメラを構えてぐいぐい迫ってくる朔夜のことを、直哉も負けじと押し返した。

そんなふうにして義理の兄妹（予定）が戯《たわむ》れていた、そんなとき。

「ただいま！」

「あ、おかえり。お姉ちゃん」

小雪がばたばたと足音を響かせて帰ってきた。

そのままキラキラと目を輝かせて直哉の顔をのぞきこんでくる。

「ねえねえ、直哉くん！　あのね、夜って時間ある？」

「は？　そりゃまあ暇だけど……あっ！」

一瞬だけきょとんと目を丸くした直哉だが、すぐに言いたいことを察した。

ぱしっと膝《ひざ》を打って額を押さえる。

「なるほど、それは盲点だった！　夏のイベントといえば定番だよな……！」

「うふふ、そうでしょ。話が早くて助かるわ。それで行く？」

「もちろん！」

「お義兄様とお姉ちゃん。以心伝心してないで、ちゃんと解説を挟んで欲しい」

朔夜がまっとうなツッコミをぼやくうち、母親コンビも帰ってきた。

コンビニ袋の中身を整理しながら、ふたりが補足してくれる。

「今日はこの近くでお祭りがあるんですって。屋台もたくさん出るっていうわよ」

「そうそう。コンビニの店員さんが教えてくれたの」

「へー、お祭りか。いいね、夏らしくて」

朔夜もすこし声を弾ませる。

すでにアイスを三本平らげた後だというのに、出店で何を食べるか考えているようだった。

そして小雪の方も期待を隠しきれないようだ。

最近こっちで買い求めたガイドブックをぺらぺらめくって、そわそわと言う。

「地元の小さなお祭りだから、この本にも載っていなかったみたいなの。ね、ね。一緒に行きましょ」

「もちろんだよ。今から楽しみだな」

直哉もにこやかにうなずいてみせる。

小雪と一緒に夏祭りに行くなんて、楽しいに決まっている。

（そうか、どこで遊園地のことを切り出そうか迷ってたけど……夏祭りを思いっきり楽しんでから、サプライズでチケットを出すのもいいな）

きっと小雪は喜んでくれることだろう。

そういうわけで直哉は意気揚々《いきようよう》と小雪――ではなく、小雪の母親に頭を下げる。

「それじゃあ小雪のお母さん！　よろしくお願いします！」

「えっ、何でうちのママ？」

小雪は不思議そうに小首をかしげ、それからムッと眉《まゆ》を寄せてみせる。

「ちょっと直哉くん。ひょっとしてうちのママとお祭りに行きたいっていうわけ？　この私を差し置いて？　いったいどういうつもりなの？」

「お義兄様、私もそういう修羅場はちょっと解釈違いかも」

「ち、違うって！　お祭りといったらあれだろ、あれ！」

「あれ……？」

怪訝《けげん》そうな姉妹をよそに、小雪たちの母親は頬《ほお》に片手を添えて苦笑をこぼす。

「やっぱり直哉くんにはバレバレなのねえ。こんなこともあるかと思って、一応一式持ってきていたのよ」

「本当にありがとうございます、お義母さん！」

「ほんとに何……？」

「さあ？」

「ごめんなさいねえ、うちの子が変で……」

やはり首をかしげる姉妹に、直哉の母親はひどく申し訳なさそうにため息をついてみせるのだった。

そして、その日の夕方。

「準備できたわよー」

「待ってました！」

母親らの呼びかけに応じ、直哉は別荘の扉を開く。

支度《したく》をのぞくわけにもいかなかったので、屋外待機していたのだ。

時刻は午後六時を回ったころだが、空はまだ明るくて、西の山が燃えるような紅蓮《ぐれん》色に染まっていた。窓から差し込む日差しもまばゆい。

そしてそんな光に照らされて――浴衣姿の小雪が立っていた。

直哉はごくりと喉《のど》を鳴らしてから、万感の思いを口にする。

「すっごく綺麗《きれい》だ……！」

「ううう……恥ずかしげもなくよく言えるわよね、ほんと……」

小雪は顔を真《ま》っ赤《か》にして、うちわで口元を覆《おお》い隠す。

白を基調とした浴衣には、小雪の瞳《ひとみ》と同じ青色をした朝顔がいくつもいくつも咲き乱れていた。髪もアップにして、かんざしで大人っぽくまとめている。手にするのは鮮やかな色合いの巾着袋だ。

いつもと違う装いだし、首元があらわになる分色っぽい。

直哉はいっそ堂々と素直な感想を口にする。

「いやだって、綺麗なものを綺麗だって言って何が悪いんだよ。っていうか、まず一枚写真を撮ってもいいかな？」

「だ、ダメに決まってるでしょ⁉　あなたそれ待ち受けにするだけじゃ飽き足らず、印刷して部屋に飾るつもりじゃない！」

「おっ、小雪もなかなか鋭いなあ。そりゃまあこんな可愛《かわい》い姿、残しときたいって思うのが普通だし……あ、このアングルもいいな」

「こら！　待ちなさい！　誰《だれ》も撮っていいなんて言ってないし、そもそも何枚撮る気よ……！　一枚って言ったくせに！」

浴衣を着ているせいで動きが緩慢なため、連写しながら逃げる直哉を捕まえることはかなり難易度が高いらしい。

ソファのまわりで追いかけっこするふたりをよそに、母親コンビはほのぼのする。

「やっぱり持ってきて正解だったわね。仕立て直しておいてよかったわ」

「ほんとによく似合ってるわ。朔夜ちゃんも綺麗よ！」

「ありがとうございます、お義兄様のお母さん」

朔夜は小雪と色違いの浴衣だ。無表情のままピースして、母親らに写真を撮ってもらっている。

そんな話をしながらも出立準備は整って、五人そろって出かけることになった。

ちなみに法介とハワードはまだ帰ってきていない。全員口には出さないが『巻き込まれた先でゴタゴタしてるんだろうなあ』という共通認識を有していた。

「ほら、直哉たちも早く出てちょうだいな」

「はーい」

母親に出るよう促され、直哉はその場で立ち止まる。

そこでとうとう小雪にがしっと手を摑《つか》まれた。

「捕まえた！　もう写真はダメだからね！」

「分かった分かった。でも小雪がこんなに可愛いと、また撮りたくなるだろなあ」

「うぐっ……！　じゃ、じゃあどうしたらいいって言うのよ！」

「そんなの簡単な話だよ」

小雪の手を握り返して、直哉はにっこりと笑う。

「ずーっとこのまま手を握っていてくれたら、写真を撮る余裕なんてないと思う」

「……あなたそれ、ただ手をつなぎたいだけなんじゃないの」

「うん。そうかもしれないいな」

「まったくもう……仕方のない人ね」

小雪は心底呆《あき》れたとばかりに小さくため息をこぼす。

そうして迷いなく、同じようにぎゅっと直哉の手を握り返した。

「しっかり手綱をつないでおくわ。あなたが余計な真似をしないように」

「うん。よろしくな、小雪」

直哉も小雪に笑いかけ、ふたり並んで別荘を後にした。

それから五人が向かったのは、別荘地からすこし坂を下った先にある小さな神社だった。

正面の道路が歩行者天国となっており、その両側にはずらっと屋台や休憩スペース、ステージなどが並んでいた。地元の小さなお祭りだが、それでも規模としてはかなりのものだ。

多くの人が詰めかけて、子供たちのはしゃぎ声なども聞こえてくる。

直哉たちが到着したころにはすっかり日も暮れており、遠くからでもきらびやかな屋台の明かりが見えるほどだった。

祭り会場を見渡して、小雪はぱあっと顔を輝かせる。

「お祭りだわ！」

「お祭りだなあ」

直哉もにこにことそれに相槌《あいづち》を打った。

別荘から祭り会場の道中ずっと手を握ったままだし、今ももちろんぎゅっとつないでいる。

だから小雪のワクワクがより一層強く伝わってきた。

明日の計画も忘れて、ついつい相好を崩してしまう。

そんなふたりをよそに、朔夜はしゅたっと手を上げてみせた。

「それじゃ、私たちは適当に見ていくから。お姉ちゃんはお義兄様と一緒に行ってらっしゃい」

「えっ⁉　みんなで一緒に回るんじゃないの⁉」

「それでもいいんだけど、ねえ」

「ねえ」

母親コンビは目配せし合い、ちらっと視線を祭り会場の奥へ向ける。

そこでは顔を赤らめた大人たちが何人もいて——直哉はぼやく。

「地酒の飲み比べかあ……母さんたち好きそうだな」

「たまにはこういうのもいいわよねー、美空《みそら》さん」

「母親だって羽を伸ばしたいものねー、愛理《あいり》さん」

ふたりはにこにことうなずき合う。

全力でお祭りを満喫しようとする気迫がひしひしと伝わってきた。

朔夜も朔夜でギラリと目を光らせて屋台を見やる。

「私はお母さんたちと一緒に回って、屋台飯を堪能する。そのついで、いちゃつくカップルを観察して先生に提供できるネタを探そうと思う。だからお姉ちゃんたちとは別行動」

「それはいいけど……通報されないようにな、朔夜ちゃん」

「あんた、もっと他にちゃんとした趣味を探した方がいいわよ」

「本命の趣味はお姉ちゃんたちの観察だよ。見守っていいのならついて行くけど、本当にいいの？」

朔夜は浴衣の懐からカメラを取り出して、慣れた手つきでかまえてみせる。

「一緒にいたら私、お義兄様にデレッデレなお姉ちゃんの写真を撮りまくっちゃうけど」

「はあ……？　何言ってるのよ、私がこの人にデレるはずないでしょ」

「ふーん、そう」

澄ました姉を一枚撮ってから、朔夜はこてんと首をかしげてみせた。

「じゃあついてっていいのね？」

「………だめです」

「よく即座に降参できたなー、偉いぞ小雪」

小声で絞り出した小雪のことを、直哉は心から褒め称えた。

ともあれ方針は決定し、ふたりはぶらっとあたりを回ることになった。

直哉は小雪の手を引いて歩き出す。

「大丈夫か、足が痛くなったら言えよ。下駄《げた》なんて履《は》き慣れてないだろ、小雪」

「平気よ。それに、直哉くんなら私が言い出す前に分かっちゃうでしょ」

「そりゃまあ分かるけどさあ。やっぱり言ってもらいたいじゃん？」

「はいはい。そのときになったらね」

小雪はすました顔をするものの、ご機嫌なのは丸わかりだ。

下駄がアスファルトを蹴《け》る音は軽快で、ずっと聞いていたくなる。

日が落ちたとはいえ、夏まっただ中のこの時期だ。道路は昼間に溜め込んだ熱を容赦なく放出しており、ただ歩くだけでも後から後から汗がふき出してくる。

それでも直哉と小雪は、つないだ手を離そうとはしなかった。

どちらのものとも分からない汗で手のひらがぐっしょり濡《ぬ》れていることが分かっていながら、互いにぎゅっと力を入れた。

そこで小雪が空いた手で一軒の屋台を指し示す。

「あっ、わたあめだわ！　ねえねえ、あれ一緒に食べましょうよ！」

「定番だな。いいじゃん、行こう」

「うん！」

顔を輝かせる小雪とともに、わたあめの屋台に向かう。

普通の真っ白なわたあめではなく、カラフルな色つきのわたあめだ。おかげで小雪はますます期待に目を輝かせた。直哉はそれを見て目を細める。

ピンクのわたあめを半分こしてから、いろいろな屋台を回った。

たこ焼きや焼きトウモロコシ、金魚すくいに輪投げ……定番の屋台グルメからゲームまで、目に付くものを片っ端から満喫する。

その間ずっと小雪は上機嫌だった。

たこ焼きで口の中をやけどしたり、金魚すくいで五秒も持たずにホイが破れてショックを受けたり小さなアクシデントがいくつもあったものの――。

「楽しい！」

「それはよかった」

休憩スペースのベンチに並んで腰かければ、小雪は満面の笑みを向けてくれた。

かき氷を食べながら声を弾ませる。

「うふふ。これを食べたら次はどこに行こうかしら。直哉くんは何が食べたい？」

「いやいや、もう十分食べただろ」

「まだまだお祭りはこれからじゃない。甘い物の次だし、こってりしたものがいいかも！」

「普段はあれだけカロリーがー、体重がーって気にしてるのになあ」

「りょ、旅行中は関係ないし！　帰ったらダイエットするもん！」

「はいはい。それじゃ、次はあそこのオムそばでも食うか？」

「オムそば！　直哉くんにしてはいいチョイスだわ、褒めてあげる！」

「ありがとうございまーす」

上機嫌な小雪に、直哉は雑な相槌を打ってみせた。

母親らと別れて一時間ほど経《た》ったが、まだまだ満喫する気らしい。

かき氷をしゃくしゃく崩しつつ、小雪はますますにんまりと笑う。

「ふふふ、家族以外とお祭りに来るなんて久々だわ」

「ああ、昔は委員長と来たのか？」

「そうよ。恵美ちゃんったら輪投げが上手でね、取った景品を分けてくれたりしたんだから」

己《おのれ》のことのように胸を張って自慢する。

しかしそうかと思えば、いそいそと巾着袋を漁《あさ》り始めた。

「あっ、そうだわ。恵美ちゃんたちに連絡しないと。旅行の報告をする約束なの」

「そういや小雪も毎日マメに写真を撮ってたよなあ」

「当然でしょ。友達との約束は破っちゃいけないんだから。えーっと……写真ってどう送ればいいのかしら、これ」

「はいはい。貸してみな」

もたつく小雪からスマホを預かって代わりに操作する。

三人組のグループ会話に写真を載せれば、すぐにふたりから反応が返ってきた。

それを見て小雪はますます顔を輝かせる。

「恵美ちゃんから『羨《うらや》ましい』ですって。あっ『今度私たちともお祭り行こ！』って結衣ちゃんからも！」

「いいじゃん、行ってきなよ。女の子だけで不安なら、俺と巽《たつみ》も付き添うし」

「ありがと。うふふ。旅行ももうすぐ終わりなのに、帰る楽しみができちゃったわ」

キラキラと顔を輝かせ、小雪はふたりへの返信をゆっくりと打つ。

そんな姿に相好を崩しつつ、直哉は仕掛けることにした。

「それじゃ、旅行の楽しみも増やさないとな」

「でも、遊べるのはあと一日よ。ずいぶんあちこちに行ったし、他に何かある？」

「もちろん。これだよ」

懐から取り出すのは伝家の宝刀。

それを小雪の前へと差し出せば、すぐにハッとして目を丸くする。

「これって……遊園地のチケット？」

「そう、正解。明日ふたりで行かないか？」

食い入るようにチケットを見つめる小雪に、直哉は目を細める。

どうやらサプライズは成功したらしい。

「小雪、ずっとあそこに行きたそうにしてただろ。ドライブ中もちょくちょく見てたし、ガイドブックにも付箋《ふせん》を貼《は》ってたし」

「うう……やっぱり直哉くんはなんでもお見通しなのね」

「当たり前じゃん。子供っぽいからって、行きたいって言い出せなかったのも丸分かりだよ」

直哉は小雪の顔をのぞきこみ、まっすぐに続けた。

「俺はたいていの人の心は読めちゃうけどさ、小雪だけは特別しっかり読む気でいるから。だから、そのつもりで覚悟してほしいな」

「いいこと言ってるようで、ただただ怖いんだけど……」

小雪はげんなりとため息をこぼしてみせた。

しかし、そうかと思えば直哉が差し出すチケットをじーっと見つめる。

「ふうん遊園地か……ところで直哉くん。話は変わるんだけど、ひとつ……聞いてもいい？」

「……どうぞ」

そこでふたりの間に沈黙が落ちた。

小雪は質問をためらって、直哉は直哉で何を言わんとしているのか察したからだ。

目の前を多くの人が行き交って、あちこちから笑い声が響く。祭りのただ中にありながら、そのベンチだけはふたりだけの世界だった。

やがて小雪が覚悟を決めるように喉を鳴らし、かすれた声を発する。

「ひょっとして……ここで私に告白し直すつもりなの？」

「その通りだよ」

直哉は大真面目《まじめ》にうなずいてみせた。

そのあまりに素直な返答に、小雪は虚を突かれたらしい。肩の力を抜いて、呆れたようにくすくすと笑う。

「あなたねえ……そこは普通、秘密にしておくものじゃないの」

「隠したって無駄だろ。こんなにあからさまなんだし」

「たしかに、この私でさえ察するくらいだけど。それにしたって情緒ってものがないでしょうよ」

小雪はなおも笑い続ける。

そんな彼女に、直哉もふっと相好を崩した。

目の前にチケットをひらつかせて、冗談めかして言う。

「どうする？　この誘いに乗ったらもう逃げられないぞ。この前、俺の家だと邪魔が入ったけど……今度こそ、俺はこの気持ちをちゃんと伝えるからな」

「……そう、ね」

小雪は二枚のチケットを再びじっと見つめた。

ふうっと小さく息を吐いてから——迷うことなく、その一枚をつかみ取った。

「乗ったわ。私も覚悟を決める」

チケットで口元を隠しつつ、直哉に不敵な笑みを向ける。

「でも、この私がわざわざ時間を割いてあげるのよ。遊園地を全力で楽しませないと途中で愛想を尽かして帰るんだから。肝《きも》に銘じなさいよね」

「もちろん。しっかりエスコートさせてもらうよ」

「ふふん、下僕《げぼく》の心構えができているようね。調教の甲斐があったわ。明日は覚悟しなさいよね！」

小雪は居丈高《いたけだか》に言ってのけるものの、その頬はほんのり朱色に染まっていた。

ほっと胸を撫で下ろした直哉もまた自分の顔が赤くなっていることに気付く。

（ついに明日だ……頑張らなくちゃな）

直哉はぐっと拳を握る。

その目の前に、突然スプーンが差し出された。

「……何？」

「ほ、ほら。下僕に施すのも飼い主の務めでしょ。直哉くんも歩いて疲れたでしょうし、そういうときには甘いものが一番なんだから。はい、あーん」

「……気恥ずかしくなったからって、俺に残り物を押しつけようとするなよな」

黙り込んでしまうと間が持たないと感じたらしい。

ともかく断る理由もないので、小雪が差し出してくるスプーンをおずおずとくわえた。

溶けかけたかき氷が喉を滑り落ちていく。うだるような暑さの夜には心地よい感覚だ。

しかしその冷たさに反して、直哉は胃のあたりが熱くなるのを感じていた。

（まーた間接キスだよ……）

もう何度も経験してきたイベントだし、小雪もすっかり慣れっこだ。

だが、直哉は居たたまれなかった。何しろつい先日、本物のキスを経験してしまったものだから。

イチゴシロップで赤く染まった小雪の口元が、屋台の明かりに照らされて妙に艶《なま》めかしい。

ついついそこに視線が引きつけられそうになって、かぶりを振って誤魔化《ごまか》した。

（早く告白を成功させて、キスまで持って行こう……じゃないともう俺の身が持ちそうにない……）

明日の告白がうまくいけば、晴れてふたりは恋人同士。

そのままキスを済ませることができたなら、小雪も直哉と同じく——いや、それ以上にもだもだと甘く苦しむはずだった。つまり痛み分けである。

(よし……明日はまず告白をクリアしてみせるぞ！　小雪も覚悟を決めたことだしな……！)

直哉が改めて決意を燃やしているとも気付かず、小雪はかき氷を直哉に食べさせ続ける。

そのうちに調子が戻ってきたのか、自然な笑みを浮かべるようになっていた。

「それじゃ、早く残りを回って帰りましょ。明日の計画を練らなきゃね」

「ああ、テーマパークでは時間配分が大事だもんな。小雪はパレードとか見たいタイプだろ」

「当たり前でしょ。ここのマスコットが勢揃いする特別なショーなんだから、見逃したら絶対後悔するわ」

「へえー。なんだっけ、サイトを見たらいろんな動物のキャラがいた気がするけど」

「まさか直哉くん、あの子たちのことを知らないの⁉　これは予習が必要ね……！」

残ったかき氷を流し込んで、小雪はベンチから腰を上げる。

「よしっ。それじゃあ行きましょ、直哉くん」

「はいはい」

小雪がくるっとこちらを振り返り、右手を伸ばしてくる。

その手を取って立ち上がろうと、直哉が中腰になったその瞬間。

「あはは！　待ってよ、おにいちゃん！」

「きゃっ、うわわっ⁉」

「へっ⁉」

小さな女の子が小雪にぶつかった。

慣れない下駄で踏ん張ることもできないまま、小雪は直哉に飛び込んでくる。

そして――。

「あっ、ごめんなさーい！」

「何やってるんだよ、バカだなあ」

「むう。バカとか言っちゃダメなんだからね、おにいちゃん！」

「…………」

「…………」

きゃっきゃとはしゃいで去って行く兄妹のことを、ふたりは無言で見送った。

しばしそのまま凍り付き、先に動いたのは直哉の方だった。

小雪の肩に両手を置いて、そっと体を――唇を離す。

唇の柔らかさも、ゼロ距離にある小雪の閉じた目も、かすかに触れ合った鼻先も、なにもかもがすべて、あのときと同じだった。

要するに、またもやキスをしてしまったのだ。

（二度目はこんなタイミングかよ⁉　運があるのかないのか分からないな……⁉）

ラブコメ主人公並みの豪運だが、喜んでばかりはいられない。

二度目だから、直哉としては衝撃がまだマシな方だ。

だが小雪にとっては天地がひっくり返ったくらいの出来事だろう。何しろ一度目のキスを覚えていないのだから。

それゆえ直哉は努めて穏やかに、小雪を宥《なだ》めようとするのだが――。

「あのな、小雪。今のは事故だから。だから気に……小雪？」

「………ん？」

小雪は赤面するでも、取り乱すでもなかった。

ただただ不思議そうに、今し方触れ合ったばかりの自分の唇に触れている。

その視線がゆっくりと直哉の顔に、唇へと注《そそ》がれて――。

「っ……？」

その眉がぴくりと寄せられる。

目が何かを探るようにすがめられる。

口元がきゅっと結ばれて、唸《うな》るような声が漏《も》れる。

その予兆を見て、直哉は明確に『マズい』と思った。

「待て小雪。それ以上は――」

「あっ」

思い出そうとするな、と助言するのが遅かった。

小雪の目がまん丸に見開かれる。

そしてその次の瞬間、顔どころか首筋や耳まで真っ赤に染まって――。

「きゃああああああああああ⁉」

「小雪⁉」

つんざくような悲鳴を上げて、小雪はその場から脱兎《だっと》のごとく駆け出した。

直哉はその手を摑んで引き留めようとしたものの、素早く振り払われて失敗に終わる。

かくしてその後ろ姿は、人混みの向こうへあっという間に消えてしまった。

「なんつータイミングで思い出すんだよー……」

残された直哉はただ呆然《ぼうぜん》とぼやくしかない。

どうやら、一回目のキスを思い出してしまったようである。

◇

「さーて、マジでどうすっかな……」

「どんまい、お義兄様」

祭り会場を後にして、直哉はとぼとぼと別荘へ向かう。

その背中を朔夜がぽんぽん叩《たた》いて励ましてくれる。気遣いはありがたいものの、もう片方の手では焼きそばやたこ焼き、リンゴ飴《あめ》などの縁日グルメを大量に提《さ》げていて締まらない。

ソースの匂《にお》いが夜道にふんわり漂って、背後からは祭りの賑わいがなおも聞こえてくる。心が弾むような夏の夜の情景そのものだが、直哉は沈みきったままだった。

ふたりの後ろには母親コンビも歩いている。

物憂《ものう》げにため息をこぼすのは小雪たちの母、美空だ。

「まったくもう、小雪ったら。鍵《かぎ》も持ってないのにひとりで別荘に戻るなんて」

「今日はお祭りで人通りがあるって言っても心配よねえ。ちょうど法介さんたちが帰っていて助かったわ、おかげで無事が確認できたし」

「人騒がせな娘でごめんなさいね。それにしても、直哉くんとのお祭りデートだからってはりきってたはずなのに……あの子ったらいったいどうしたのかしら」

不思議そうなふたりの会話を背中で聞いて、朔夜は声をひそめてたずねてくる。

「そんな致命的なアクシデントがあった以上、やっぱり告白計画は変更？」

「まあ、明日の遊園地は無理だろうからなあ……」

少しだけ欠けた月を見上げて直哉はぼやく。

こんな状態で遊園地デートなど夢のまた夢だろう。つまり必然的に告白も延期だ。

（そもそもどうしたら小雪が立ち直るんだ……？　慰《なぐさ》めるのも変な話だし、「気にしてない」って言ったらそれはそれで傷つけるし……）

あれこれ悩んで考え込むが、答えは出ないままだった。

そんな直哉に、朔夜はキランと眼鏡《めがね》を光らせて右手を差し出してみせる。

「それじゃチケットも勿体《もったい》ないし、明日は私が一緒に行ってあげるね」

「あいにく、一枚は小雪が持って行っちゃったんだよなあ」

「ちぇー。じゃあダメね。明日一日お姉ちゃんは部屋に引きこもりそうだし、チケットを渡してもらえないじゃない」

「だろうな。あと、仮にチケットがあったとしても朔夜ちゃんとは行けないかな」

「大丈夫、デートなんかじゃないよ。お義兄様のおごりで遊園地グルメを堪能して、カップル観察に精を出したいだけだから」

「せめてもうちょっと私利私欲《しりしよく》を包み隠したらどうかなあ」

「隠したってお義兄様には無駄じゃないの」

そんなふざけた会話を繰り広げる内に、別荘が見えてきた。

窓には明かりが灯っており、法介が今朝《けさ》乗っていったレンタカーも停まっている。

直哉は足を止め、両手で顔を覆う。

「き、気が重い……でも行くしかないんだよな……」

「ファイトだよ、お義兄様。とりあえず、部屋に籠城《ろうじょう》したお姉ちゃんに呼びかけるシーンを撮らせてもらえると……あれ？」

「へ？」

朔夜が不思議な声を上げ、直哉もはっと顔を上げる。

ちょうどそのとき、別荘の玄関扉が開かれた。

中から溢《あふ》れる光を背にして、小柄な人物がずんずんとまっすぐ歩いてくる。逆光でよく見えなかったその姿も、直哉の目の前に来るころにはちゃんと視認できるようになった。

小雪である。

しっかりセットしたはずの髪はぼさぼさで、浴衣も着崩れてしまっている。

暗がりでも分かるほどに顔は真っ赤だし、息も荒い。もちろん瞳は羞恥《しゅうち》の涙で潤んでいた。

肩も膝も、生まれたばかりの子鹿よりも震えている。

見るからにいっぱいいっぱいだ。

それでも小雪はかすれた声を絞り出す。

「直哉くん。改めて話があるの」

「は、はい？」

きょとんと目を丸くする直哉に、小雪はずいっと右手を突き出した。

そこに握られていたのは、例のチケットで——小雪は叫ぶ。

「明日、ここで決着を付けましょう！　私の方から……告白してあげるんだから！」

「あの、小雪。俺だから何を言いたいかだいたい分かるけど、とりあえず話し合おう。な？」

「お姉ちゃん、あまりのショックでバグったの？」

朔夜が首をかしげ、後ろで見ていた母親らも顔を見合わせた。

七章　いざ、決戦

その日は朝からお手本のような快晴となった。

晴れ渡った空には雲ひとつなく、日差しが容赦なく降《ふ》り注《そそ》ぐ。海から吹く潮風も強く、お出かけ日和と呼ぶにはすこし苛烈《かれつ》で——どちらかと言えば、決戦には相応《ふさわ》しい日だった。

「つまり、そういうわけなのよ」

「はあ……」

遊園地ゲートの前で、小雪《こゆき》はふんぞり返って言う。

開園前という朝早い時間帯ではあるものの、あたりは人でごった返していた。はしゃぐ子供も多い。誰《だれ》も彼もが満面の笑みを浮かべていて、ほのぼのとした空気に満ちている。

小雪も今日は行楽地に相応しく、一段とおめかしだ。

花柄の白いミニ丈ワンピースにカーディガンを羽織り、足元は可憐《かれん》なサンダル。

手にした小さなバッグからは、付箋《ふせん》だらけのガイドブックがのぞいている。アクセサリーの類《たぐ》いも気を抜かず、デートに挑むには万全の装備だ。

しかし服装はともかくとして、当人は一切《いっさい》浮かれていなかった。

目をつり上げ、口をへの字に曲げて腕を組んで仁王立ち。どこからどう見ても遊園地に臨む姿勢ではない。

「春先に……出会った頃に言ったわよね。あなたを落としてみせるって」

「はあ」

「これまで色々と不覚を取ったけど、今日は私が反撃する番なの。この遊園地で、あなたを完璧《かんぺき》に落としてあげるわ！　光栄に思いなさい！」

「はあ……」

直哉《なおや》は生返事をするしかない。

端から見れば完全に支離滅裂な展開だろう。

だがしかし、直哉はかぶりを振って小雪の肩をぽんっと叩《たた》く。

「大丈夫。小雪がどうしてそんなことを言い出したのか分かるよ、なんせ俺《おれ》だからな」

二度目のキスをして、小雪は一度目のキスを思い出した。

本来ならば再起不能に陥《おちい》るほどのショックだろうが……それを振り払い、こんなことを言い出した理由などひとつしか思い当たらない。

「結衣《ゆい》と委員長さんに電話で相談して、そういう結論になったんだよな？　ずっと受け身で迷惑かけたのが申し訳なくて、せめてもの罪滅ぼしのために今度は自分から告白したいと」

「そうよ！　何か悪い⁉」

「悪くないけど、まずは話し合いたいと思います」

涙目で叫ぶ小雪のことを、直哉はどうどうと宥《なだ》める。

遊園地の開園アナウンスに混じるようにして、周囲の客たちから「修羅場だ」「修羅場だねー」などと話す声がいくつも聞こえた。

◇

時は昨夜、小雪が逃走した時刻まで遡る。

別荘まで全力ダッシュでたどり着けば、ちょうど帰っていた法介《ほうすけ》が出迎えてくれた。

「おや、小雪さん。お帰りなさ……ああ」

法介は小雪を見るなり目を細め、軽く頭を下げてみせた。

「若い内は色々あると思いますが……どうか気を落とさずに」

「うわあああん！　やっぱりおじ様には全部筒抜けだし！」

逃げ出した背後からは「貴様！　うちの娘に何をした⁉　老婦人の屋敷に眠る隠し財産を発見したり、彼女の命を狙《ねら》う暗殺計画を事前に打ち砕いたりと、今日一日散々暴《あば》れ回ってもまだ足りないのか⁉」というハワードの怒号が聞こえてくるが、スルーして自分の部屋に飛び込んだ。

そのまま鍵《かぎ》を掛けて、震える手でスマホを操作する。

幸い、先ほどお祭りの写真を送ったばかりなので目当ての画面はすぐに出た。

電話のアイコンを勢いよく押して、単調な呼び出し音を祈るような気持ちで聞く。

永遠とも思えるような十数秒のあと、ぷつっと音が途切れて、今一番聞きたかった声がスピーカーから流れてきた。

『うん？　どうしたのー、小雪ちゃん』

『笹原《ささはら》くんとお祭りに行ったんじゃなかったの？』

「結衣ちゃん恵美《えみ》ちゃん！　助けて⁉」

小雪は半泣きになりながら、グループ通話画面にすがりついた。

そのまま懸命に事情を説明する。

合間合間に耐えきれなくなって奇声を発したり、ベッドにダイブして転がったりと、様々なアクションを挟んだ結果、それなりの時間がかかってしまった。

そして説明が終わった後、結衣が発したは気の抜けた問いかけだった。

『えっ……私たちはいったい何を聞かされたわけ？』

『たぶん惚気《のろけ》に分類されるやつじゃないかな、結衣』

「惚気じゃないし！　ちゃんと聞いてたの⁉」

小雪は裏返った声で叫ぶ。

しかし恵美佳《えみか》は淡々とした声で返すのだ。

『いやでもさ、よく考えてよ小雪ちゃん。お見舞いに来てくれたときに笹原くんとキスをして、それでさっき二度目のキスをしたってことでしょ？　惚気以外にある？』

「そ、そう要約されると、たしかに惚気になるかもしれないけどぉ……！」

事実だけ抜き出せば、直哉とキスをした。しかも二回も。

そのことを改めて自覚して、小雪は自分の唇をはっと押さえてしまう。

人生で初めてのキス。しかも好きな相手とだ。かーっと顔に赤みが差す。

だがしかし、甘酸っぱい思いに浸っているわけにはいかなかった。

小雪はだんっと壁を叩く。

「大事なのは、私が一回目のキスを忘れてたってことだもの……しかも自分からキスしたのに！」

風邪を引いたときの記憶はずっとぼんやりと霞《かすみ》がかかっていた。

その霞が二度目のキスをきっかけに晴れた後、自分で寝床に引きずり込んだことも、ぎゅうっと抱きついたことも、そのあげくに唇を奪ったこともすべて思い出してしまった。

穴があったら入って埋まってしまいたい。

「もし私が初めてキスされて、それを相手が忘れてたら……絶対に、確実に、一生恨むもん……！　ふたりだってそう思うでしょ⁉」

『そうだねー、巽《たつみ》がそんなことやらかしたらぶっ飛ばすかな』

『私は彼氏がいないから分かんないけど……思い出すまで懇々《こんこん》と説教するかな』

「ほらやっぱり！　うわーーーーん！」

にべもない返答に、小雪はわんわんと大泣きする。

自分のことが許せなかった。ファーストキスなんて人生でもトップクラスに大事なイベントだ。それを忘れていたなんて、どう考えても罪深い。聖人だって全力投石するレベルだろう。

己《おのれ》のふがいなさに小雪はムカムカするものの、今になって別の怒りもわいてきた。

クッションをぽふぽふ殴りつつぶちまける。

「そもそも直哉くんも直哉くんだし！　なんで私に教えてくれなかったのよ……！　まさかあの人にとって私にキスされたことなんて、犬に噛《か》まれたくらいのことだったわけ⁉」

『いやいや、小雪ちゃんを気遣ったからに決まってるじゃん』

「へ」

小雪が目を瞬かせている間に、結衣は淡々と続けた。

『思い出したら絶対パンクするって分かってたから直哉は黙ってたんだよ、きっとね』

「たしかに今全力でいっぱいいっぱいだわ……！」

小雪はがーんと顔面蒼白になってしまう。

そうなると、自分はファーストキスしたことを綺麗《きれい》さっぱり忘れただけでなく、直哉にいらぬ心労までかけてしまったことになる。罪が自重でブラックホール化するくらい重くなった。

「そういえば最近あの人、様子が変だったけど私が原因だったの……⁉　私、キスしたことを忘れただけじゃなくて直哉くんに気を遣わせて……もう合わせる顔がないわよ……！」

小雪はクッションを抱えて沈み込み、しくしくと鼻をすする。

締め切った窓の向こうからは、かすかに祭りの賑わいが聞こえてくる。ほんの十分前まで小雪もあそこにいたはずなのに、今ではずっと遠くの別世界のように思えてならなかった。

部屋には小雪のすすり泣きだけが響く。

『まあまあ、小雪ちゃん。元気出しなよ』

それを遮《さえぎ》ったのは結衣だった。くすぐったそうな笑い声とともに言うことには――。

『直哉なら大丈夫だと思うからさあ』

「ど、どうしてよ……ここまで迷惑を掛けちゃったのよ……？」

『じゃあ聞きたいんだけど、キスする前と後で、直哉の態度が変わったりした？　よそよそしくなったりとか、冷たくなったりとか』

「…………ううん」

小雪はじっくり考えてからかぶりを振る。

あのお見舞いから、直哉は何も変わっていない。きっと内心では色々と思うところがあったはずなのに、おくびにも出さず小雪の側にいてくれた。

結衣はくすくすと笑う。

『たしかにあいつもちょっとは複雑だったと思うけどさ、それでも小雪ちゃんのことが大好きなんだよ。それだけは絶対変わらないって断言できるよ』

『私もそう思うなあ。つくづくいい人だもんねー、笹原くんって』

「うん……優しい人……」

恵美佳の言葉を噛みしめるようにして小雪はうなずく。

そのころにもなれば涙は止まりかけていた。

ふんわりと胸が温かくなるものの――そこでふと、ベッドの隅に転がる紙切れに視線が留まる。

(……遊園地、か)

直哉が誘ってくれた、明日のデート先だ。

小雪はそのチケットを握りしめ、ぼんやりと物思いに浸る。

(明日……ここで私に告白するつもりだったのよね)

以前小雪が保留にした告白を、直哉は仕切り直すつもりだったのだ。

小雪はそれを一度は受け入れた。

自分たちは明日変わるのだということを覚悟した。

だがしかし、今となってそれを受け入れるわけにはいかなかった。

（このまま直哉くんの優しさに甘えて、受け身のままで本当にいいの……？　私にも責任ってものがあるんじゃないの……？）

小雪はチケットを握ったまま懸命に考え込む。

『いやー、ほんっとお似合いだよねえ。笹原くんになら小雪ちゃんを安心して任せられるよ』

『委員長は小雪ちゃんの何なのよ。でも、本当に安心できる？　相手はあの直哉だよ？』

『まあ、色々と苦労しそうだなーとは思うけどね……。小雪ちゃん、これからもあの読心スキルと向き合わなきゃいけないわけだし』

『あれは幼馴染《おさななじ》みの私でもキツいときがあるからねえ。今後もちゃんと私たちが支えてあげなきゃだね』

『もちろん喜んで聞くよ！　小雪ちゃんの恋路を見守れるなんて役得にもほどがあるものね……！　あっ、録音アプリとかも入れておかないと！』

『だから、委員長は小雪ちゃんの何なの』

『唯一無二の幼馴染みよ！　ふふん、恐れ入ったでしょ！』

小雪をよそに、ふたりはわいわいと盛り上がる。

その間も小雪はずっと考えた。考えに考え込んで――ふっと答えが見つかった。

「分かったわ……私が何をするべきなのか」

『えっ、何々？』

『急にシリアスめいて何の話？』

ふたりがきょとんとした相槌《あいづち》を返す。

小雪はぐっと拳《こぶし》を握って、高らかに言ってのけた。

「せめてもの償いに……私の方から直哉くんに告白するわ！」

◇

「ってな感じだろ？」

「正解なんだけど、やっぱり怖いわよね……いつものことだけど」

入場列に並びながらそんな推理を披露《ひろう》すれば、小雪はおもいっきり顔をしかめてみせた。

「なんで聞いてもいない会話が完全再現できるのよ。盗聴器か何か仕掛けてるんじゃないでしょうね」

「そんな効率の悪いことするわけないだろ。わざわざ聞かなくたって分かるっての」

「普通の人は分からないのよ。まあ、あなたが規格外なのは百も承知だけど」

小雪は深々とため息をこぼしてみせた。

そのままうつむき加減でぼそぼそと続ける。

「直哉くんの予想通りよ。どれだけ私が直哉くんに迷惑をかけて甘えていたか、よーく理解したの。だから、その償いがしたいのよ」

「大袈裟《おおげさ》な。結衣が言った通り、俺は迷惑だなんて思ってないよ」

「ほんとに……？」

「うん。もちろん」

ファーストキスを忘れられて、悶々《もんもん》としたことは確かだ。

だがしかし、それで小雪に負の感情を抱いたことはない。

「俺は小雪があのときのことを思い出してくれただけで十分嬉《うれ》しいからさ。だから気にしないでくれよ」

「直哉くん……」

小雪は瞳《ひとみ》を潤ませて顔を上げる。

しかしすぐにハッとして勢いよくかぶりを振った。

「そういうわけにはいかないわ！　私は迷惑掛けた分、贖罪《しょくざい》しなきゃいけないの！」

「頑固だなあ……そもそも贖罪が自分から告白するってどういうことなんだよ」

「だって、この前だって直哉くんが告白してくれたんじゃない。その返事を保留にしたあげくもう一度告白させるなんて……今さらだけど、なんていうかフェアじゃない気がするし」

「俺は気にしないいんだけどなあ」

「私が気にするの！　気に病むの！　挽回《ばんかい》のチャンスはここしかないのよ！」

「人生は長いんだから、もっと機会はあると思うぞ」

直哉は半笑いでツッコミを入れるものの、小雪の心は固かった。

背筋を正して胸を張り、直哉に不敵な笑みを向けてみせる。

「ふふん、ともかくそういうわけだから見てなさい。遊園地デートで思いっきりムードを高めてから、勝負を仕掛けてやるんだから。今度こそあなたを骨抜きにしてみせるわ！」

「そのことなんだけど、小雪は大きな勘違いをしてる」

「へ」

直哉が苦渋に満ちた表情を浮かべると、小雪はびくりと肩をすくめる。

そんな彼女の肩にぽんっと手を乗せて直哉は真顔で告げた。

「俺はすでにもう小雪に骨抜きなんだよ。これ以上どうしろって言うんだ」

「だーかーらー……今日でこれまで以上に好きにさせてみせるの！　それでＯＫしてもらうの！　いいから黙ってついてきなさい！」

「はーい」

直哉は片手を上げて返事をする。

その頃にもなれば微笑ましそうに見ていたはずの周囲の客たちからは「レベルの高い痴話《ちわ》喧嘩《げんか》だ」「入る前からすごいな……」「えっ、あれでまだ付き合ってないの？　なんで？」という戸惑いの声が聞こえていた。

（でも……小雪から告白してくれるなんて予想できなかったな）

しかも小雪の決意が固いと分かるから、なおも心が躍《おど》る。

小雪から想いを直接伝えてもらうのがずっと夢だったからだ。

（どんなふうに告白するつもりなんだろ……って、それは読んじゃダメだな。後の楽しみに取っておかないと）

ともかく小雪は今日一日、全力で直哉を楽しませようと仕掛けてくることだろう。

いったいどんな手腕を見せてくれるのか。

ストレートなアプローチも、的外れな行動でも、たぶんなんでも可愛《かわい》いはずだった。

直哉はワクワクを隠しきれないまま、にっこりと笑う。

「ありがと、小雪。それじゃ今日はよろしくな」

「もちろんよ。直哉くんを落とすために、昨日たくさん予習しておいたんだから」

そう言って小雪はバッグからガイドブックを取り出す。

昨日から読み込んだのか、ずいぶんとくたびれてしまっている。

「今日一日たっぷりと下準備して、メインディッシュにぺろりといただいてあげるわ。いつもみたいなふざけたことなんて言えないくらいに籠絡《ろうらく》してやるんだから」

「まあ、それも楽しみだけどさ。せっかく来たんだし素直に遊園地を満喫しようぜ」

「いいえ、一瞬たりとも気は抜かないわ。今日は遊びに来たんじゃなくて、決着を付けに来たんですもの。今日の私は戦士なの」

小雪は澄ました顔でスタッフにチケットを渡し、遊園地へと入場する。

ゲートの先には、アーケードがずっと向こうまで続いていた。

左右にはお土産物屋やレストランなどが並び、キャストが子供たちに風船を配っている。

あちこちから聞こえるのは陽気なＢＧＭや明るい笑い声。

アーケードの先には観覧車などのアトラクションが並んでおり、どこもかしこも幸せのオーラでいっぱいだ。

後から入場した直哉を振り返り、小雪はびしっとアーケードの向こうを指さした。

「さあ、付いてきなさい！　まずは……っ、可愛い～～！」

「戦士もいきなり形無しだなあ」

クールモードもどこへやら。小雪は目をキラキラさせて小さく飛び跳ねた。

よほど琴線に触れる何かがあったらしい。直哉はほのぼのしつつ、小雪の視線を追う。

「はは、でもそんなに喜んでもらえたなら誘った甲斐が……うん？」

小雪が熱い視線を送る先。

そこは特に人でごった返しており、みなが歓声を送るのは数体の着ぐるみだ。

しかしそれが犬とか猫とか、オーソドックスな見た目をしていなかったため、直哉は目を丸くする。

「なんだ、あれ」

「し、知らないの⁉　ほしょく☆めいとよ！」

「マジでなんなんだよそれは……」

小雪の口から胡乱《うろん》な単語が飛び出して、直哉はますます首をひねるしかない。

着ぐるみはそうそうたる面々だった。

目つきの鋭い灰色のオオカミ、牙《きば》が光る緑色のワニ、魚をくわえた青いサメ……そんな謎《なぞ》の取り合わせである。彼らは骨付き肉や魚のぬいぐるみを手にして、時おり貪り食うようなジェスチャーを披露する。

かなり凶悪な光景だった。

だがしかし、疑問を覚えているのはこの場で直哉だけらしい。

子供ならず大人までもが彼らに熱い歓声を送っている。

ぽかんとする直哉をよそに、小雪はちっちと人差し指を振る。

「直哉くんったら予習不足ね。あの子たちはこの遊園地のマスコットキャラクターなのよ。陸海空の肉食獣たちがおいしいご飯を食べながら仲良くまったり暮らしているって設定なの」

「まったり暮らせるのか、あのゴツめの顔ぶれで……」

とはいえ、よく見るとパンフレットにもちゃんと載っていた。

一応、直哉も小雪を誘う以上、きちんと予習した。とはいえそれはデートプランに使えそうなスポットばかりだったので、マスコットの詳細に関しては見落としていたようだ。

小雪はうっとりしながらスマホのカメラを向ける。

「入ってすぐに会えるなんて感激だわ……！　ちなみに、あのにゃんじろーのデザイナーさんが手がけたマスコットたちなんだから。その筋の人たちには有名なのよ」

「どの筋の人だよ。でも、他にもトラとかクマとか、ハゲワシなんかがいるんだな」

どれもこれも物騒だ。

しかし、そんな中でもトラは愛嬌《あいきょう》のある顔立ちをしていた。小雪が大好きなにゃんじろーにデザインが近く、生みの親が同一であるのも納得だ。

「小雪はこのトラが好きそうだな。でも、このあたりにはいないのかな」

「むう……とらくんはレアキャラだから仕方ないわ」

あたりを見回しても、トラの着ぐるみは見当たらない。

小雪も沈痛な面持ちで肩を落としてみせる。

「とらくんはふつうの猫なんだけど、トラのふりをしてるって設定だから……滅多に人前に出てこないのよ。恋人を食べた仇《かたき》を探して、ほしょく☆めいとに潜入しているの」

「まったり暮らせてねーじゃん！　なんだよその重い設定は！」

「でもでも、みんな人気者なんだから！　夜はみんなのパレードがあるの！　一緒に見ましょうね！」

「はあ……小雪のご希望とあれば付き合うけどさ」

小雪が着ぐるみたちの写真を撮るのを見守りながら――人垣が邪魔で、ぴょんぴょん飛び跳ねながら撮っていたため、かなりブレブレだろう――直哉がぼんやりしていると、小雪はようやく満足したらしい。

スマホをいそいそと片付けて、びしっとふたたびアーケードの向こうを指さした。

「よし。写真はこのくらいにして……ここからが計画の本番よ。付いてきなさい、直哉くん！」

「付いていくってどこへ？　あそこにある、ほしょく☆めいとグッズ専門店？」

「ちっ、違うけど……直哉くんにしては悪くない提案ね。敵情視察も大事だし、突撃よ！」

「おー」

こうして少しグッズを物色してから、小雪の計画がスタートした。

まず連れられてやってきたのは、とあるアトラクションだった。

ドーム状の建物はファンシーな見た目で、入り口から多くの人々が吸い込まれていく。

客層は親子連れが多いようだ。

「ここは？」

「ふふん、直哉くんはほしょく☆めいとをよく知らないみたいだからね」

首をかしげる直哉に、小雪は不敵に笑う。

「カートに乗って、あの子たちのお話を楽しめるアトラクションなの。これで勉強して、遊園地をさらに楽しんでもらおうってわけ！」

「おお、思ったよりまっとうだった」

「『思ったより』……？」

直哉の物言いに、小雪の眉《まゆ》がぴくりと動く。

しかしすぐに気を取り直したように不敵な笑みを浮かべるのだ。

「そんな生意気な口が利けるのも今のうちよ。噂によると大人でも引き込まれちゃうくらい、すっごく感動的なお話らしいんだから。終わったときには直哉くんもあの子たちの虜《とりこ》になって……なんやかんやあって、私の虜にもなってるって寸法よ！」

「さては小雪が見たいだけなんだろ。俺はおまけだな？」

「ち、違うもん！　一緒に見たら楽しいだろなあって思ってて……」

小雪はしどろもどろになりながら必死に弁明するものの、最後には直哉の服を摘まんで、上目遣《うわめづか》いで尋ねてくる。

「付き合ってくれないの……？」

「そ、そんなわけないだろ。俺も楽しみだよ」

思わぬ攻撃にぐらっときてしまう。

直哉は小雪の手を引いてアトラクション入り口を指し示す。

「ほら、行こうぜ。予習はばっちりなんだろ、初心者の俺に色々と教えてくれよ」

「ふ、ふん。殊勝な心がけね。ボロボロ泣いたって知らないんだから」

しゅんっとした先ほどから打って変わり、小雪はるんるんとスキップを踏みながら直哉の手を引いた。それに直哉はほのぼのとした笑みを向ける。

乗り物自体が楽しみ……というよりも。

(自分からフラグをガンガン立てていくんだもんなあ)

完全に先の展開が読めていたからだ。

待機列はかなり多くの人が並んでいたものの、回転率が高いアトラクションなのかあっという間に乗り場へと案内されて、ふたりはメルヘンなカートに乗り込んだ。

そこから約十分、アトラクションをめいっぱいに楽しんだ。

終わった後、出口で青空を拝んだ瞬間――。

「うぅ、ぐすっ……よ、よかった……すっごくよかったあ……」

小雪がその場で泣き崩れた。

いつぞや映画館でデートしたときのオチとそっくりそのまま同じである。

「ほんと期待を裏切らないよな。はい、ハンカチ」

「ううぅっ、あっ、ありがとぉ……」

見ればほかの家族連れも似たようなものだった。

付き添いで来たお父さんの方が号泣している……なんて光景も多々見受けられる。

「でもでも……なんで直哉くんは平然としてるのよ……」

ぐすぐす嗚咽《おえつ》を上げつつも、小雪はじろりと直哉を睨《にら》み上げた。

かなりの怒気が感じられたが、季節外れのトナカイみたいに鼻を真《ま》っ赤《か》にしていたので、怖さより可愛さの方がだいぶ優っていた。

「とらくんの恋人が実は生きてたって判明したところとか、自分が本当は猫だってみんなに打ち明けるところとか……どこもかしこも超絶胸熱展開だったじゃない！」

「そりゃもちろん面白《おもしろ》かったけどさ」

恋人の仇を探し、肉食獣のコミュニティに潜り込んだとらくん。

そこから二転三転するストーリー。

やがて顕《あら》わとなる、人間という真の敵。

仲間たちに真実を打ち明け、力を合わせて立ち向かう最終戦。

ハリウッド超大作と言われてもすんなり信じてしまうくらいの濃厚展開の連続で、直哉ももちろん手に汗握った。

しかしアトラクションよりも――。

「一喜一憂する小雪の方が、見てて楽しかったしなあ」

「もう！　私なんていつでも見れるでしょよ！」

ぷんぷん怒る小雪だった。

しかしすぐに肩を落とし、唇を尖《とが》らせてみせる。

「むう……これじゃ私の方が楽しんでるみたいじゃない。籠絡計画はいきなり難航ね……」

「そんなことないって、ちゃんと楽しんでるよ。小雪を」

「遊園地を楽しみなさい」

軽口を叩く直哉を、小雪はじろりと睨む。

その目はひどく冷たくて、恥じらいが一切含まれていなかった。からかうのはこの辺で切り上げた方がいいだろう。

直哉は軽く笑って話を変える。

「まあまあ、そう怒るなって。計画では次どこに行くつもりだったんだ？」

「そうねえ……」

小雪はちらりと時計を確認する。

「そろそろいい時間だし、お昼にしようかと思ってたけど」

「よし、そういうことなら善は急げだ。腹ごしらえといこうぜ」

「なんだか乗り気ね……直哉くんったら、そんなにお腹《なか》が空いてたの？」

首をかしげる小雪を連れて、直哉はとある場所に向かった。

遊園地の奥に存在するレストラン区画だ。

多くの店が並んでおり、ちょうど昼食時ということもあってどこも長蛇の列ができている。

「決めた。ここに入ろうか」

「へ？」

直哉が指さしたのは、ひときわ長い行列ができた一軒だった。

洋風の真っ白な建物だ。三角屋根の上では、テーマパークのマスコットたちを模した風見鶏《かざみどり》が気持ちよさそうに踊っている。周囲にはハートの形に切りそろえられた植木なども並んでいて、いかにもファンシーで小雪が喜びそうな外観だ。

しかし小雪はしょんぼりと肩を落とす。

「行きたいのはやまやまだけど……ここはダメよ。人気が高いから、予約しないと入れないってネットに書いてあったわよ」

「へーきへーき。すみませーん。予約してた笹原ですけど」

「はい。確認いたしますので少々お待ちください」

「へ？」

店員に声をかけると、あれよあれよという間に席へと案内された。

しかも園内の様子が見渡せる、二階の窓側特等席だ。

中はマスコットの人形やイラストなどで溢れている。いわゆるコンセプトレストランだ。ふたりが向かい合って座るボックス席も、ポップなデザインで統一されていた。

直哉は単に人気の店だということしか知らなかったが、小雪は目を輝かせて店内をきょろきょろする。どうやらお気に召したらしい。

「すごい……！　いつの間に予約してたの？」

「そりゃもちろん、旅行が決まってすぐだよ」

遊園地のチケットも、その頃すでに取っていた。

小雪と向かい合って座ってから、改めて切り出す。

「昨日も話したけどさ。俺もこの遊園地で小雪に告白するつもりだったんだぞ。一世一代の大勝負だし、準備して当然だろ」

「うっ……改めて言葉にされると恥ずかしいんだけど」

小雪は目をそらしてぼそぼそと言う。

肩を落とし、上目遣いで続けることには――。

「直哉くんがちゃんと計画してたのは分かってる。でも、その……今日は私に譲って欲しいの。ちゃんとけじめを付けるためにも」

「そんなふうに重く考えなくてもいいんだけどなあ……」

直哉は頬《ほお》をかいて笑う。

「でも、小雪がそう言ってくれたのは何より嬉しい。だから今回は譲るよ」

「ほんと⁉　ありがと、直哉くん！」

「ただし、ダメそうだなーって判断したら俺から言うから。そこんとこよろしくな」

「うぐうっ……！　この人、なんとしてでも今日ここで決着を付ける気だわ……」

業務連絡のようにあっさりと告げると、小雪は顔を真っ赤にしてうつむいてしまう。

当然、ここまで来たら決める気でいる。

以前までの小雪なら、直哉がそんな宣言をしたら怖じ気《おけ》づいて逃げ出したことだろう。

だが、今日は違っていた。小雪は耳まで赤く染めながらも、窓の外をちらっと見やる。

そうしてとあるアトラクションをじっと睨《にら》んでから──直哉の顔をまっすぐ見つめてうなずいてみせる。

「わ、分かったわ。チャンスを取られないように……精一杯頑張ってみるから」

「うん。よろしくお願いします」

小雪は変わった。それが直哉には何より嬉しいサプライズだった。

ほのぼのする直哉をよそに、小雪はあごに手を当てて真剣に悩む。

「そういうことなら、もっと直哉くんにぐいぐいいく必要があるわね。と、なると……あっ」

そこで小雪がふと声を上げる。

目線の先にあるのは、テーブルの隅に置かれていたメニュー表だ。通常メニュー冊子とはまた別に、期間限定のものがある。

それを手に取って小雪は堂々と宣言した。

「ひとまずこれを注文するわ！　スペシャルトロピカルジュース！」

メニュー表に載っていたのはひどく浮かれた一品だった。

大きなグラスには花や果物が飾られて、二本のストローが刺さっている。いわゆる、カップル向けのドリンクメニューである。あまりにもベタといえばベタだった。

直哉は苦笑するしかない。

「分かってた展開だけど……それはやめといた方がいいと思うぞ」

「どうしてよ。デートならこういうアイテムが定番でしょ、朔夜《さくや》の持ってた漫画で見たわ」

小雪はしたり顔で胸を張る。

「これでめいっぱい直哉くんをドキドキさせてやるんだから。さ、ついでにお昼ご飯も選んじゃいましょ」

「分かった分かった」

思いとどまる気はないらしい。

説得を諦《あきら》めて、直哉はメニューを開く。

コンセプトレストランなだけあって、マスコットキャラクターたちにちなんだ品々が多かった。サメが泳ぐカレーライスだったり、クマの人形が飾られたローストビーフ丼だったり。

小雪も一緒にメニューをのぞき込んで、悩ましげな声を上げる。

「むう……やっとふたつに絞ったけど、どっちにしようか迷うわね」

「どれとどれ？」

「えっとね、これなんだけど……」

メニューを広げて指差すのはオムライスだ。

ケチャップライスがお昼寝しているトラのように盛り付けられ、そこに薄焼き卵の布団《ふとん》がかけられている。オムライスは二種類あって、片方はデミグラスソース、もう片方にはホワイトソースがかかっていた。さらに、ケチャップライスのトラも、わずかに造形が異なっている。

小雪はへにゃりと眉を下げつつ、ぼそぼそと言う。

「これね、とらくんと、その恋人のとらこちゃんなの。どっちも可愛いし……非常に悩みどころだわ」

「だったらふたつ頼めばいいじゃん」

「えっ、でも、お腹いっぱいになっちゃうし……残すのも悪いじゃない」

「そうじゃなくて、俺と半分ずつすりゃいいんだって」

「で、でもでも、直哉くんはほかに食べたいものがあるんじゃ……」

「俺もオムライス好きだから気にすんなって。すみませーん、注文いいですかー」

「はーい。お待ちくださいませー」

「あわわ……」

フードメニューふたつと、先ほど小雪の言っていたジュースを注文。

ほどなくしてオムライスの方が運ばれてきた。

直哉を付き合わせるのに申し訳なさそうにしていた小雪だが、その二品を前にしてぱあっと顔を輝かせる。

「か、かわいい！」

仲良く卵の布団で眠る、トラ猫二匹。

その二匹のかわいさを、小雪は皿を回して眺めたり写真を撮ったりして堪能する。

「ありがとう、直哉くん！　ふたつ並べると相乗効果で最高にかわいいわ……！」

「喜んでもらえて嬉しいよ。早く食べようぜ」

「えっ、で、でも食べちゃうなんて可哀想《かわいそう》だし……」

「気持ちは分かるけど、もたもたしてると冷めちゃうだろ。作ってくれた人にも悪いしさ」

「むう、それもそうね……それじゃ、いただきます」

覚悟を決めるようにして、小雪はスプーンを手に取る。

そのまま手を合わせてデミグラスソースの方をぱくりと一口。

「美味《おい》しい！　けど、ひどいことしてる気がして複雑……！」

「まあ、端っこの方から食べていけばいいんじゃないかな」

直哉も笑って、ホワイトソースのオムライスを食べ始める。

甘めに味付けされたケチャップライスが濃厚なソースと絡《から》み合《あ》い、なかなか絶品だ。

うんうん悩みつつスプーンを口へ運ぶ小雪を眺めていると、なおのこと美味しく感じられた。

ほのぼのと見つめていた直哉だが――。

(あっ、ちょっと待て。そういえば、これはやったことなかったな)

一緒に食事をするのは、もはや日常風景だ。

しかし、そんな中でも試みていないことがあった。

直哉はオムライスをそっと掬い、スプーンを小雪に向ける。

「はい、あーん」

「へ……はいっ⁉」

きょとんとした顔が、意図を察した瞬間真っ赤に染まった。

凍り付く小雪に、直哉はあっけらかんと言う。

「いや、俺から『あーん』したことはなかったなーって。プールのときとかお見舞いに来てくれたときとかさ、小雪に『あーん』してもらったことはあるけど」

「そ、それはそう、だけど……！」

小雪は体をのけぞらせて逃げる。

「こんな場所でできるわけないでしょ……！　恥ずかしいじゃない！」

「どうせ誰も見てないって。他のお客さんたちだって料理に夢中なんだから」

「たしかにそうかもしれないけどぉ……！　ともかく無理無理！　絶対無理だから！」

「えー、小雪に食べてもらいたいなー。それに、そろそろ腕も疲れてきたしなー」

「うぐぐっ……！　や、やればいいんでしょ！」

直哉が引かないと察したのだろう。

小雪はやけくそとばかりに、直哉のスプーンに食いついた。

そのまますぐ距離を取ってゆっくり咀嚼《そしゃく》してごくんと飲み込む。

その顔は耳の先まで真っ赤っかだ。

（うわー……これはいいな、癖《くせ》になりそう）

直哉はごくりと喉《のど》を鳴らしてしまう。

その隙に小雪はメンタルを回復させたのか、キランと目を光らせる。

「今日は私が押せ押せでいく番なんだから！　ほら、直哉くんも口を開けなさい！」

そう宣言するや否や、自分のオムライスをひとさじ掬《すく》い、直哉の前に突き出した。

不敵な笑みを浮かべて言うことには――。

「私だけ恥ずかしい思いをするなんて不公平だもの。ほら早くお食べなさいな。無様な犬のような姿をさらして――」

「いただきまーす」

「まだセリフの途中！」

直哉はおかまいなしでスプーンに食いついた。

こちらもデミグラスソースと卵のハーモニーが抜群だ。何より小雪が食べさせてくれた一口なので格別の味わいがあった。平然と飲み込んで、さっぱりと笑う。

「うん、うまいな」

「……躊躇《ちゅうちょ》なく食べたわね」

「だって慣れてるし」

「むう……なんだか不公平だわ」

小雪は納得いかなさそうに眉をひそめ、スプーンを自分の口へと運ぶ。

直哉もふたたびスプーンを手にして──ふっと遠い目をしてみせた。

「『あーん』くらい、なんてことないに決まってるだろ。本当のキスも二回済ませたんだからさ」

「ぶふーーーっ！」

「はい、水」

勢いよく吹き出した小雪に、直哉はずいっとお冷やを勧めた。

グラスに少し口を付けてから、小雪はぷるぷる震えながら抗議する。

「あ、あなたねえ……急に何てことを言い出すのよ！」

「だって事実だろ。あれに比べたら『あーん』なんて日常風景だって」

「そこまで頻繁にやってないはずだもん……！　ううう、意識しないようにしてたのに……」

そんなこと言われたら頭から離れないでしょ⁉」

「あ、俺のがもう一口ほしいって？　ほら、あーん」

「いりません！」

「お待たせいたしました、ご注文のスペシャルドリンクですー！」

そんなふうにイチャついていると、先ほど注文したドリンクがやってきた。

テーブルに鎮座するグラス——そこに刺さった二本のストローを前に、小雪は怖じ気づくばかりである。

「うっ、ううう……こんなの、どう飲んでも顔が近くなっちゃうじゃない……！」

「ほら、だから言ったんだよ。今の小雪に、これは難易度が高いって」

とはいえ残すわけにもいかないので、ふたり交互にグラスを回してなんとか完飲することができた。小雪はその間ずっとわたわたしていたので、ぐいぐい攻めるなんてどだい無理な話だった。

そのせいか、レストランを出た後、小雪は直哉に人差し指を突きつけて、改めて宣戦布告をしてみせた。

「いいこと！　ここからが本当の勝負なんだから！」

「うん、それは楽しみだけど……気負いすぎなくていいからな？」

直哉はハラハラと小雪を宥《なだ》める。

やる気になってくれるのは嬉しいが、ムキになるのはよろしくない。

「あんまり肩肘張らずに楽しもうぜ。な？」

「ふんだ。私には直哉くんを落とすっていう大事な使命があるの。そんな悠長なことは言っていられないわ」

「でもなあ……なんかフラグみたいで心配なんだよ。くれぐれも迷子になるなよ？」

「馬鹿《ばか》にするのもいい加減にしなさい！　そこまで子供じゃないわよ！」

ふんっとふて腐れてそっぽを向く小雪であったが――それが完全な前振りであったことは、数時間後に判明した。

八章　言えなかった想い

白金小雪《しろがねこゆき》という少女は、どうしようもなく不器用だ。

天邪鬼《あまのじゃく》だし、人付き合いも苦手。

自分を守る鎧《よろい》としてクールキャラを気取ってみるものの、すこしのことでボロが出る。

アクシデントにめっぽう弱いし、意地を張って自滅することもしばしば。自分の態度をあとで猛烈に反省することも多い。

いじっぱりで寂《さび》しがり屋の弱虫――それが、皆が言うところの『猛毒《もうどく》の白雪姫』の正体だ。

だから小雪は、自分のことがあまり好きではなかった。

好きになれるとも思っていなかった。

その意識がここ最近、急速に変わりつつあった。

きっかけは些細《ささい》なもの。それでも小雪の人生は一変した。こんなに自分を変えたいと思ったのも、誰《だれ》かを心の底から大好きになったのも初めてだった。

だから、今日は自分なりに頑張るつもりだった。

一世一代の勝負をしかけるつもりだった。

それなのに——。

「どうしてこうなっちゃったんだろ……」

太陽はとうの昔に地平の向こうへ消え、空には冴《さ》え冴《ざ》えと白い月が浮かぶころ。

遊園地内の目立たないベンチに腰掛けて、小雪はずーんと沈んでいた。

朝は完璧《かんぺき》にセットされていたはずの髪型は乱れ放題だし、服にもオレンジ色のシミができてしまっている。ケガこそないものの、メンタル的にはボロボロの状態だった。

トラのぬいぐるみをぎゅっと抱え、ふわふわの頭に顔の半分ほどを埋めている。

あたりには人の姿がまばらである。

それもそのはず、今まさに正面ゲート前のメインストリートでパレードが始まっていたからだ。遠く離れた南の方角からは陽気な音楽が聞こえ、空にはビームライトの帯が踊っており、ゆったりと回り続ける観覧車を照らし出している。

今小雪がいるのは、ゲートからずっと北に進んだ園の端だ。

全力で走れば途中から見ることができるだろうが、そんな気力はわずかにも残っていなかった。小雪はぼんやりと、遠くの賑わいをたったひとりで眺めるしかなかった。

しかもその隣に、直哉《なおや》の姿はない。

昼食を食べたあと、小雪は直哉をつれて様々なスポットを巡った。

オーソドックスなアトラクションから、着ぐるみショーやお土産物屋のウィンドウショッピング……などなど。小雪は絶叫系が苦手ゆえ回れる場所には制限があったものの、それでも楽しい時間になるはずだった。

だがしかし、そこから数々の不運が重なった。

ショーが満員で見られなかったり、並んでいたアトラクションが不具合でストップしたり、転びそうになった子を助けてジュースを引っかけられてしまったり、買おうとしていたグッズが目の前で完売したり……今日はとことん不運に見舞われた。

『小雪のせいじゃないって。これはこれで楽しかったしな』

落ち込む小雪に、直哉はそうやって声をかけてくれた。

しかし小雪は納得できなかった。

今日は大事な勝負の日だ。こんなていたらくではいけないと思った。

だから空元気を振り絞って、パレードの場所まで案内しようとしたところ――。

『きゃーーーー!!』

『へ？』

どこからともなく黄色い悲鳴が聞こえてきた。

慌てて見れば、遠くにできた人だかりの向こう。なにやら黄色いきぐるみの頭が見え隠れしていた。他の人々もその姿を確かめて、ぎょっと目を丸くして沸き立ち始める。

『とらくんよ！　とらくんが来たわ！』

『なに⁉　一日に一回だけ園内で行われるというゲリラ・グリーティングか⁉』

『ぱぱー！　わたし、とらくんとあくしゅしたい！』

『わかった娘よ！　全速力で突っ走るぞ！』

そこからは怒涛《どとう》の展開だった。

目の色を変えた人々が我先にと駆け出して――。

『へっ⁉　ちょっ、きゃあああああああああ⁉』

『小雪⁉』

津波のような人波が小雪をさらい、あっという間に直哉とはぐれてしまったのだった。

気付いたときには隣のブロックにいて、そこで急いで元の場所に戻ればよかった。

それができなかったのは――。

『ふえっ……わ、わたしのおかーさん、どこ……？』

『えっ、えええ……私が聞きたいわよ……』

小さな女の子がべそをかきながら、小雪のスカートを摑《つか》んできたからだ。

慌てて迷子センターを探して駆け込んだものの、女の子が小雪を離さなかったので、ずっと懸命にあやし続けることになった。

そのあと、わりとすぐに女の子の両親がやってきた。

しかしホッと安心したのもつかの間で、直哉とはぐれてからけっこうな時間が経過していることに気付いた。

慌てて連絡を取ろうとしたが、運悪くバッグを直哉に預けたままだった。

迷子センターで電話を借りて自分の携帯にかけてはみたが、まさかの電池切れ。

直哉の番号なんて覚えているわけもなく……呼び出し放送を頼んでみたものの、今日は迷子が大量にいるらしく、まだ小雪の放送はかからない。

つまり、けっこうな『詰み』状態だった。

そんな小雪の心細さに拍車をかけたのは――。

「わ……花火だ」

空に上がった小さな花火だった。

それはパレードが終わった合図に他ならず、いくつもの歓声が風に乗って聞こえてくる。

観覧車も色とりどりの光を浴びて気持ちよさそうに回っていた。

小雪はぼんやりと頭上を見上げる。

まばゆい閃光がいくつもいくつも夜空に咲く。

本来なら胸躍《おど》るはずの光景なのに、天があざやかに染まるほど小雪の胸には影が落ちた。

「……あーあ。今日こそは頑張るはずだったのに」

本来なら、直哉と一緒にパレードと花火を見ているはずだった。

それなのに、どういうわけかたったひとり、夜風に打たれながらぬいぐるみを抱えている。

物悲しさで胸が張り裂けそうだが……それよりもっと、小雪を苛《さいな》むことがあった。

「さすがに怒ってるかな……それとも呆《あき》れてるかな……せっかくのデートなのに、私のせいで台無しにしちゃったものね」

今日こそは直哉に思いを告げるつもりでいた。

それなのにこんな土壇場で迷子になってしまっている。

考えうる限り最悪の展開で、小雪は落ち込む一方だった。目の前の景色はどこも明るく楽しげで、ますます暗い考えに沈んでいく。

「今度こそ嫌われちゃったらどうしよう……」

心の奥底では、そんなことはないと分かっている。

だがしかし、一度脳裏をよぎってしまうともうダメだった。

「ぐすっ……」

小さく鼻を鳴らす。

それが決壊の合図だった。

我慢していた涙がじわじわと溢《あふ》れ出して頬《ほお》を濡《ぬ》らす。

ぬいぐるみに顔を押し付け、小雪は嗚咽《おえつ》を噛《か》み殺《ころ》した。

楽しげな喧騒《けんそう》が遠ざかり、耳鳴りのような音が頭いっぱいに鳴り響く。

まぶたも閉ざしたせいで、世界にたったひとり残されてしまったような錯覚に陥《おちい》ったところで——。

「小雪！」

「っ……⁉」

声が響き、小雪はハッと顔を上げた。

◇

色とりどりの花火が照らし出す、夜の遊園地。

その片隅で街頭のか細い明かりに照らし出される小雪を見つけ、ようやく直哉は胸を撫《な》で下ろした。慌てて駆け寄って、涙でぐしゃぐしゃになった顔をのぞきこむ。

「よかった、ようやく見つけた」

「な、なんで、ここに……まだ呼び出し放送もかかってないのに……」

「まあ、たしかにちょっと難易度は高かったけどさ」

ハンカチで顔をぬぐってやりながら、直哉は苦笑する。

小雪とはぐれて、まずは次の目的地であったメインストリートまで向かった。

しかしそこで彼女の姿が見えなかったので、なにかアクシデントがあったと踏んだのだ。

「小雪の行動パターンを推理してあちこち探したんだ。で、迷子を見つけて面倒を見てるんじゃないかと思って。今ごろは迷子センターの周りで凹《へこ》んでるだろなーって予想したらドンピシャだった」

「うっ、ううう……！」

小雪が肩を震わせながら嗚咽をこぼす。

ぬぐってもぬぐっても涙は止まらない。

その震えが最高潮まで達したとき、小雪は直哉の胸に飛び込んできた。

「遅いじゃないの、バカぁ……！」

「ごめんって。これでもけっこう焦《あせ》ったんだからな」

わんわんと泣いて悪態をつく小雪のことを、直哉は静かな声で慰める。

焦ったのは本当だ。おかげでここにいると当たりをつけるのが遅れてしまった。

しかし、しばらく宥《なだ》めていれば涙も少しは落ち着いた。

もう一度ベンチに腰を下ろしてから、小雪はしょんぼりとうなだれる。

「私の方こそごめんなさい……私のせいで、デート、台無しにしちゃって……」

「いやいや、何を言ってんだよ」

震えた声で謝罪を繰り返す小雪に、直哉は笑う。

心細い思いをして、自分を責めているだろうということは、簡単に予想ができていた。

だから直哉は腰をかがめ、小雪の顔をのぞきこむ。

「台無しになんかなるわけないだろ。この程度のアクシデントで悪い思い出に変わるほど、今日のデートは平凡なものだったか？」

「……ちがう」

「だろ？　だから大丈夫。気にするほどのことじゃないって」

「うう………」

そう告げると、ますます小雪は顔をゆがめて――。

「私のこと、き、きらいに、なってない……？」

「バカ。なるわけないだろ」

「うん……うん……」

絞り出した悲しい問いかけに、直哉は即答する。

すると小雪はますます堰《せき》を切ったように泣き出した。

「ほんとは、ちゃんとしってたもん……！　直哉くんは私のこと、絶対、なにがあってもきらいになったり、しないって……！」

「伝わってて良かったよ。もう大丈夫、どこにも行かないからな」

「ううう……ありがとう……」

悲しみではなく安堵《あんど》の涙だと分かっていたから、直哉は好きなだけ泣かせてあげることにした。隣に座って手を握ると、ぎゅうっと握り返してくる。

そのまましばしふたりはベンチで時を過ごした。

正面ゲートでパレードが行われたためか、この区画は人通りも少なくて静かなものだ。

鳴り響く花火の音を、ふたりでぼんやりと眺めていた。

やがて小雪がぽつりと言う。

「パレード、結局見られなかったわね……」

「ま、次来たときでいいだろ」

直哉があっさり告げると小雪は小さくため息をこぼす。

少し落ち着いたようだが、まだ気分は上向きにならないらしい。

ぽつぽつとこぼすのは遊園地に相応《ふさわ》しくないほどに暗い声だ。

「でもやっぱり、慣れないことはするもんじゃないわね。自分から告白するなんて……私には無理な話だったのよ」

「何を言い出すかと思えば……さっきまでのやる気はどこへ行ったんだよ」

「ううん。今日の私の不運ぶりを見たでしょ。神様が『無理』だって言ってるのよ」

なおも小雪は沈み込むばかりだった。

直哉としては、別に自分から言っても問題はない。元々そのつもりだったからだ。

だがしかし、せっかく小雪が決断してくれたのだ。背中を押す以外に取るべき手はなかった。

「ふて腐れるにはまだ早いだろ。小雪の計画は終わっていない」

「でも、もう……」

「閉園まで、まだ時間はある！」

うなだれたままの小雪に、直哉は正面に建つアトラクションをびしっと指し示す。

それは大輪の花のように夜空に咲き乱れる――。

「そこの観覧車で花火を眺めながら、俺《おれ》に告白してくれるんだろ⁉　今ならまだ間に合うじゃないか！」

「直哉くん……」

小雪はハッとしたように顔を上げる。

しかし、すぐに眉《まゆ》をきゅっとひそめてみせた。

「待って。予想しないでって言ったはずよね、なんでそれが分かるのよ」

「いやだって、今日はずっと観覧車の位置を気にしてただろ……」

小雪が目を奪われるポイントはいくつもあった。

きぐるみや、美味《おい》しそうなスイーツ、可愛《かわい》いグッズ……そして観覧車。

「読もうとしなくても分かるっていうか、そもそも、俺もまったく同じプランを考えていたんでよく分かるっていうか……」

「かぶってたの⁉」

がーんとショックを受ける小雪だった。

真っ赤《まっか》な顔を両手で覆《おお》って、苦しげな呻き声を上げる。

「ううう……だってだって、遊園地デートでの告白は観覧車が定番じゃない……」

「まあ、小雪はそういう王道が大好きだもんな」

「ええそうよ！　漫画でもよく見るシチュエーションに憧《あこが》れちゃ悪い⁉」

「悪いなんて言ってないだろ。そういうところも可愛いと思うし」

結局涙目で摑みかかってくる小雪のことを、直哉は軽くいなす。

そのままもう一度、きらびやかに輝く観覧車を指し示した。

「まあそういうわけで時間も勿体《もったい》ないし。そろそろ観覧車、行く？」

「こ、この流れで……⁉　あまりにも無茶振りしてるって分かってる⁉」

「でも、予定じゃ行くつもりだったんだろ」

「そうだけど……！　手の内を知られた以上、ますます告白なんてできるはずないじゃない……！」

「あはは、何を今さら。俺にはそもそも全部筒抜けなんだぞ」

慌てふためく小雪に、直哉は爽《さわ》やかに笑う。

「前から何度も言ってるだろ、俺は小雪が何を考えているのか全部分かる。俺のことがどれだけ好きなのかもな」

先日からずっと、小雪の好感度は百のまま。

仕草や表情、台詞《せりふ》から、直哉のことが大好きなのは手に取るように分かる。

「でも、ちゃんと口で言ってもらいたいんだ。それさえ叶《かな》えば俺は満足なんだよ」

「……こんなにグダグダになったのに？」

「うん。こういうのも俺たちらしくていいだろ？」

「ううう……」

小雪は真っ赤な顔でうつむいてしまう。

葛藤で目が回りそうなほどらしい。

しかししばらく待っていると、小雪は膝《ひざ》の上でぎゅっと拳《こぶし》を握って――。

「ちゃんと言えたら……」

「うん」

「直哉くん、よろこんでくれる……？」

「もちろん。泣いて大喜びして拝むかな」

「い、いい心構えじゃない……！　乗ったわ！」

小雪は最後の気力を振り絞るようにして、よろめきながらもベンチから立ち上がる。

そのままびしっと最後の戦場――観覧車を指さした。

「付いてきなさい、直哉くん！　勝負を付けてあげるんだから！」

「うん、どうぞよろしく」

こうしてふたりして慌てて向かえば、観覧車は営業終了ギリギリだった。

そわそわ落ち着きのない小雪を見てなにを思ったのか、係のお姉さんはわざわざ前のカップルが乗り込んだあと、二つほどゴンドラを空けて案内してくれた。

「それではどうぞごゆっくり～♪」

軽快なセリフとともにドアが閉ざされ、狭い密室にふたりきり。

しばしの空の旅が、ゆっくりと始まった。

互いに向かい合って腰を下ろせば、小雪は胸を張って居丈高《いたけだか》に鼻を鳴らす。

「ふふん。もう逃げられないわよ、直哉くん。まさに袋の鼠《ねずみ》ね」

「そうだな、あと十分くらいこのままふたりっきりだな」

「それが分かっているなら話は早いわね。ここであなたを討ち取ってあげる。覚悟することだわ」

「うん。それは非常に楽しみなんだけどさ……」

直哉は頰《ほお》をかいて小さくため息をこぼす。

物言いはたいへん勇ましいのだが……。

「いい加減にこっちを向いてくれてもいいんじゃないか？」

「私に死ねって言ってるわけ⁉」

「言ってることとやってることが滅茶苦茶なんだよなあ……」

小雪は直哉から完全に目をそらし、あさっての方を向いていた。

勢いでここまで来たものの、顔を見る勇気はないらしい。

そんな小雪に苦笑しつつ、直哉は窓の外を指し示す。

「でもほら、こっちの方が花火もよく見えるぞ」

「へ……わっ、ほんとだわ！」

直哉の指さす窓の外には、立て続けに大きな花火がいくつも咲いていた。

遅れてドーンという重低音が響いて、ゴンドラをかすかに震わせる。

小雪は目を輝かせて窓ガラスに張り付いていたものの、すぐに小首をかしげてみせた。

「あら……ひょっとして終わっちゃった？」

「みたいだな。でも、ギリギリ見られてラッキーじゃん」

「そうね、ようやくツキが戻ってきたのかも……夜景も綺麗《きれい》だしね」

小雪の言う通り、観覧車からの眺めは絶景だった。

足元の遊園地だけでなく、ずっと遠くの方にまで光が広がっている。地上の喧騒もここまでは届かず、まるで凪《な》いだ海に漂う小舟のようだ。

ゴンドラに備え付けられた照明はごくごく弱いもので、中はほとんど暗闇《くらやみ》に等しい。

そのせいで外の光が際立《きわだ》った。空に浮かぶ月がゆっくりと近づいてくる。

「あっ、あのあたりが別荘かしら」

「あ、ああ。そうだな」

小雪は弾んだ声を上げ、山の方を指し示す。

景色に見とれる瞳《ひとみ》が、外の光を反射して昼間よりも輝いて見えた。

(綺麗だな、小雪……)

腹をくくったはずが、土壇場になって胸が苦しくなる。

直哉がその目に見蕩《みと》れていると——それがふっとこちらに向けられた。

「えっと……そっち、景色もいいし……行ってもいい？」

「……ど、どうぞ」

ゴンドラは狭いし、ほとんど全面ガラス張りだ。どちらに座ったところで、見える景色に大差はない。それは直哉も分かっていたが、おずおずとうなずいた。

小雪はたった一歩で詰められるような距離を、ぎこちなく詰めてくる。

そのまま直哉の隣のスペースにちょこんと腰を下ろした。

先ほどまで外のベンチに並んで座っていた。だから距離としてはそう変わるものではない。

それなのに、観覧車の中というただ一点の差異がどうしようもなく意識させる。

(うう、ちょっと緊張してきたかも……)

膝の上で握った手に、大量の汗が噴き出してくる。

しばしふたりの間に会話はなく、ただただ夜景を見つめていた。

静かでゆるやかな時間。

だがしかし、直哉の心臓は今にも口から飛び出しそうだった。

小雪もそれは同じらしい。互いに互いの緊張が、夜気を介して伝わってくる。

そんな中、ふとしたときに小雪が口を開いた。なおも視線は窓の外に注《そそ》がれたままだが、その瞳に映るのは下界ではなく、どこか遠くにある別の場所だった。

「私ね、観覧車に最後に乗るって決めてたけど……本当はちょっと迷ってたの」

「……どうしてだ？」

「だって観覧車だったら、ふたりっきりじゃない」

小雪はちらりと直哉を見やって、ふっと微笑む。

「そんなの心臓が持たないかも……って。そう思ったから」

「なるほどなあ……俺はそこまで考えなかったや」

「ふふふ、直哉くんはやっぱり抜けているわね」

ゴンドラの中に小雪のくすくす笑いが響く。

それで少し緊張がほぐれたらしい。顔を正面に――直哉の方に向けて、大仰に肩をすくめてみせる。

「この前、おうちにお邪魔したときも言ったけど……あなたと出会ってから今まで、なんだかあっという間だった気がするわ。ほんっと騒がしくて参っちゃうわよ」

「まあ、色々あったもんなあ」

「本当よ。直哉くんったら最初からエンジン全開だったんだもの」

ふたりはこれまでにあった数々の思い出を挙げていく。

最初の出会いから、初めてのデート。

プールに行ったこと、小さなライバルが現れたこと。

ちょっとした行き違いがあったり、小雪がひょんなことから幼なじみと仲直りしたり。

ふたりでつむいだ思い出にはきりがない。

「本当、たくさんあった……けど」

小雪は息継ぎをするように吐息をこぼす。

大きく空気を取り込んで、想いと一緒に吐き出す。

「これからも……色々あるのよね」

「当たり前だろ。あと百年は一緒にいてもらわなきゃ困るんだからな」

「ど、どれだけ長生きする気なのよ……ふふ、直哉くんだって緊張してるくせに、そういうところは相変わらずなのね」

「そりゃ、軽口でも叩《たた》いてなきゃやってられないからな」

「ふふふ……たしかにそうね」

小雪はふんわりと笑って、自分の胸に手を当てる。

「さっきからドキドキが止まらないの。今まで生きてきた中で、たぶん一番ドキドキしてると思う。これ以上ドキドキしたら死んじゃうかもしれないわ」

かすかに触れた肩から、小雪の鼓動が伝わる。

言葉通り、その心臓は破裂しそうなほどに騒ぎ立てていた。

それでも小雪はぐっと喉《のど》を震わせて、直哉の顔を見つめてくる。

「でもね、私、がんばるから……言っても、いい？」

「……うん」

直哉は小雪の手をそっと握る。互いの手は火傷《やけど》しそうなくらいに熱かった。

地表から放たれたライトの帯が空に踊り、ふたりのゴンドラを照らし出す。

吐息が重なる。ゴンドラが頂上にたどり着く。どこか遠くで、鐘の音を聞いた気がした。

そして、小雪はかすれた声を絞り出した。

「私、あなたのことが好き」

「うん」

「はじめて会ったときから、ずっと好きだった」

「うん」

言葉とともに、小雪の目尻から涙がこぼれる。

それでも顔をくしゃりとゆがめ、精一杯に続けた。

「たまに意地悪なところもあるけど、いっしょにいると安心するの。もっとずっと、いっしょにいたい」

「うん」

「でも私、素直じゃないから。これまでちゃんと言えなかった。ごめんね。それなのに、ずっとそばにいてくれてありがとう」

「うん」

直哉は静かにうなずきながら、一言たりとも聞《き》き漏《も》らさないように耳を傾けた。

どんな本音も見透かしてくれるところが好き。

困っていたらいつでも助けてくれるところが大好き。

ちょっと意地悪なところも、デリカシーがないところも、全部全部大大大好き。

「他の誰でもない。直哉くんだから、ここまで好きになれたと思うの」

小雪は涙をぬぐうこともなく、直哉のことをまっすぐに見つめる。

声を上ずらせながら、懸命に、最後の言葉を絞り出す。

「こんな、めんどくさい私でよかったら……彼女にして、くれますか？」

「小雪……」

それはストレートな愛の告白だった。

そして、夢にまで見た台詞《せりふ》でもあった。

直哉はそれをじっくりと噛みしめて——にっこりと笑う。

「それじゃ、次は俺の番だな」

「……へ？」

小雪が目を丸くする。完全に予想外の反応だったらしい。

そんなことにはおかまいなしで、直哉は小雪の手を両手のひらで包み込む。

そのまま真っ向から攻める。攻守交代だ。

「好きだ、小雪！」

「…………ふぇっ⁉」

小雪の顔が真っ赤に染まってぴしりと凍りつく。

そこに直哉は畳みかけた。

「素直になれなくて意地を張っちゃうところも、子供っぽいところも、面倒臭いところも、小雪のすべてが大好きだ」

「ちょ、ちょよっ……ま……！」

「軽くいじめてみたり、勢いで告白しちゃったり、俺も色々苦労もかけたと思う。本当にごめん。それなのに、ずっと俺のそばにいてくれてありがとう」

小雪は酸欠気味の金魚のように口をぱくぱくさせるばかりだった。

それでも直哉は攻めの手を止めない。

誰にでも優しい、心の綺麗なところが好き。

何にでも一生懸命になれる真面目《まじめ》なところが大好き。

子供っぽいところも、見栄を張ってすぐに墓穴を掘るところも、全部全部大大大好き。

「他の誰でもない。小雪だったから、俺はここまで好きになれたと思う。だから改めてお願いだ」

直哉は大きく息を吸い込んで、決定的な言葉を叫ぶ。

「こんな心底面倒臭い俺でよかったら、付き合ってほしい！　俺の彼女になってくれ！　あと、将来的には結婚してください！」

「ちょっと待ってほしいんですけどぉ⁉」

それ以上の声量で小雪が悲鳴を上げた。

涙目の赤面で、まなじりをキッとつり上げて吠《ほ》える。

「さっきの聞いてなかったの⁉　今まさに、この私が勇気を出して告白してあげたんだけど⁉　なにをなかったように告白し直してくれるわけ⁉　いったいなんなの⁉」

「なかったことになんてするわけないだろ、勿体ない」

直哉はゆっくりとかぶりを振る。

「俺が告白して、何か問題でもあるのか？　お互いに告白しちゃダメなんて決まりはないはずだろ」

「ぐっ……それは、そうかもしれないけどぉ……！」

「で、俺の返事はもちろんイエスだ。小雪は？」

「うっ、うぐぐ……うううう！」

小雪は口の端を震わせながら、視線をあちこちにさまよわせる。

ゴンドラは頂上を過ぎ去って、地表を目指してゆっくりと降下していた。それでもまだ眼下には目のくらむような絶景が広がっている。

しかし直哉も小雪も、外の景色などわずかにも見ていなかった。

互いの瞳に映るのは、互いの大好きな相手の顔だ。

やがて小雪はうつむき加減で、ぽつりと言う。

「よろしく、お願いします……」

「うん。こちらこそよろしく」

「むっ……ムカつくぅ……！」

めでたくカップルとなったのに、低い声でつぶやく小雪だった。

上目遣《うわめづか》いのまま、恨みがましい目を向けてくる。

「今日は私がびしっと決めるはずだったのに……直哉くんも告白するとか聞いてないし……なんなのよ、もう」

「え、嫌だった？」

「そんなわけないでしょ！　分かりきったこと聞くんじゃないわよ！」

小雪はますます目をつり上げて惚気《のろけ》を叫ぶ。

そのまま不貞腐《ふてくさ》れたように、ぷいっと顔をそむけてしまう。

「ふんだ。直哉くんが余裕そうなのがムカつくだけよ。私ばっかりドキドキさせられてるみたいじゃない」

「そうかなあ。これでも心臓バクバクなんだぞ」

「むう……嘘《うそ》くさいわね。どうにかして目にものを見せてやりたいわ」

「できたばかりの彼氏になんて言い草だよ」

小雪はジト目だが、直哉に余裕がないのは本当のことだった。

心臓はうるさく鳴り響くし、手汗はさらにひどくなっていた。

だがしかし、これで勝負はついたのだ。おかげで少し落ち着きはじめていた。

(これで恋人かあ……なんか、うん。すごいな……)

ただ思いを伝え合って、恋人になっただけ。

それ以外にふたりの間に変わったところは何もない。

そうだというのに、温かなものが胸いっぱいに広がっていく。

その幸せを噛みしめるのに忙しくて——獲物を見つけた虎のように、小雪がきらりと目を光らせたのに気付かなかった。

「まあ、これからよろし――へっ」

胸ぐらを摑まれて、ぐいっと引き寄せられた。

目を瞬《またた》かせる暇もなく。

ちゅっ。

唇に、柔らかなものが押し当てられた。

おかげで直哉はその場でぴしりと固まってしまう。

数秒後、小雪がゆっくりと体を離す。

真っ赤に染まった顔には、勝ち誇ったような笑みを浮かべていた。唇はつやつやしていて、夜景の光によって妙に際立って見える。

やけくそ気味に小雪は叫ぶ。

「ふ、ふん。どうかしら、これならドキドキしたでしょ⁉」

「……めちゃくちゃドキドキしました」

そうとだけ言って、直哉は唇を押さえるしかない。

たしかにドキドキした。こんな不意打ちは卑怯《ひきょう》である。

しかしかわいいイタズラが成功して、ドヤ顔をする小雪を見ていると……ドキドキとはまた違った感情が溢れ出した。

直哉はわざとらしく小首をかしげて、にっこりと笑う。

「だったら俺もやり返していい？」

「……は、い？」

今度は小雪が凍りつく番だった。

直哉がぐいっと顔を近づけると、ひっと短い悲鳴をあげて身をのけぞらせる。

「ちょっ、ま、待って⁉　そういうのほんとによくないと思う！　ダメだって！　待っててってば！」

「なにを言ってるんだよ、これでキスも三回目だし、四回も五回もそんなに変わんないって。せっかく恋人になったことだし、イチャイチャしようぜ」

「いやーーーー！　むーーーーりーーーーー！」

夜空に高々と、小雪の悲鳴が響き渡る。

かくして直哉の仕返しが成功したかどうかは、ふたりと、夜空に浮かぶ月だけが知るところとなった。

EPILOGUE
エピローグ

直哉《なおや》と小雪《こゆき》は、こうして晴れて恋人同士となった。

とはいえ日常は変わらず流れていく。


登校する生徒もまだまばらな早朝。

直哉が駅の改札口で待っていると、小雪が時間通りにやってきた。こちらを見るなり小さく息を呑み、次の瞬間にはキリッと不敵な表情を形作る。

「おはよう、直哉くん。今日も出迎えご苦労さま」

「おはよ、小雪」

それに直哉はにこやかに答え、そのままニコニコと無言のまま微笑み続ける。

そのせいか、小雪はすこし気圧《けお》されたように後ずさった。

「な、何よ。飼い主に褒めてもらえたのがそんなに嬉《うれ》しいわけ？」

「そりゃ嬉しいに決まってるだろ」

直哉は笑みを崩さず、むしろいっそう深めて言う。

「こんなに可愛《かわい》い彼女と、三日ぶりに会えたんだから。今日もまた一段と可愛いな、小雪」

「うぐうっ……！」

小雪は心臓のあたりを押さえてうめく。

しかしすぐにぷるぷる震えつつも、『猛毒《もうどく》の白雪姫』モードをなんとか取り戻したようだった。髪をかき上げて、ふんっと鼻を鳴らしてみせる。

「ふっ……あなたは相変わらずね。でも、私が可愛いのなんて当然のことでしょ。その程度のこと藻類《そうるい》でも知ってるわよ。仮にも知的生物なら、もっと高度な言葉を駆使して私を褒め称えなさいよね」

「なるほど……たしかにその通りだな」

「へ？」

神妙な面持ちでうなずけば、小雪は虚を突かれたように目を瞬かせた。

直哉はその手をそっと取る。

真正面から小雪の目を見つめて、逃げ場をなくして言うことには。

「こんなに可愛い子が、俺《おれ》の彼女になってくれたんだ。ちゃんと褒めないとバチが当たるよな」

「そ、その通りよ。直哉くんにしては理解がはや――」

「今日もすっごく可愛いよ、小雪。何より俺のためにあれこれ準備をして来てくれたってところがめちゃくちゃ可愛い」

「はあ⁉　そんなことしてないし！」

「でも電車一本遅れたのは、身支度にいつもより時間をかけたからだろ？　珍しくコロンだって振ってるし、髪留めもいつもと違うよな。苦手なミントガムも噛《か》んでるし――」

「うぐぐっ……もういい！　それ以上察するな！　早く学校に行くわよ！」

「はーい」

ぱしっと直哉の手を振りほどき、小雪はずんずんと歩き出す。

その様子を見ていた駅員や他の乗客たちが、軽く目を丸くする。全員が全員、もれなく心の中で『まさか、ようやくくっ付いたのか……⁉』と叫んでいた。

そんな駅を後にして、ふたりはいつもの通学路をいつものように並んで歩く。天気のいい夏真っ盛り。早朝とはいえ、ぬぐってもぬぐっても汗が流れ落ちてくる。

額の汗を拭きながら、直哉は空を見上げてぼやく。

「小雪に会えるのはいいけど、登校日ってのはいただけないよなあ。せっかくの夏休みなのにさ」

「ふん、怠惰なことね。気を抜いて生きているからそうなるのよ」

「そう言う小雪は疲れが残ってたりしないか？　旅行から帰ってきてまだ三日だろ」

「あいにく、私はあなたと違ってきちんと自分を律して生活しているの。あなたと一緒にしないでちょうだい」

「へえー」

直哉は目を細めて生返事をする。

小雪は朝から『猛毒の白雪姫』が絶好調だ。いや、それ以外の顔を出せないと言う方が正しいだろう。

だから直哉はそっと小雪に手を伸ばす。

「あ、小雪。何か付いてるぞ」

「ひっ……ひゃうううっ⁉」

髪に指先が触れたその瞬間、小雪は弾かれたように飛び退いた。

そのまま大きく距離を取って、真っ赤《まか》な顔で直哉を威嚇《いかく》する。

「きゅ、急になにするのよ！」

「いいだろ、ちょっと触るくらい。彼氏彼女になったんだから」

「だからってダメなものはダメ！」

がるる、と手負いの狼のように吠える小雪だった。

そのまま腕組みし、ぷいっとそっぽを向いてみせる。

「私たちはまだ学生なのよ。いくら恋人になったからって、もっと適度な距離感を保たなきゃいけないわ。校則にだって不純異性交遊は禁止ってちゃんと書いてあるし」

「うんうん、小雪の言いたいことはよーく分かるよ」

それらしい言葉の羅列に、直哉はうんうんうなずく。

「『恋人になったからって、すぐに彼女面するのは重いわよね……でもだからって、どんな距離感で接すればいいかわかんないし……ああもう無理！』って感じにテンパって、いつもの十八番《おはこ》を出してきてるんだよな。俺なら最初からばっちり分かってるから安心してくれ」

「うぐっ……的確に読んでくるんじゃないわよ！」

小雪はまなじりを釣り上げて絶叫する。

いつものやつである。もはやお家芸の領域だった。

「大丈夫。俺は彼女面どんとこいだから。さあ、朝一からべたべたに甘えて来るといいぞ」

「……そう言われたからって『はいそーですか』とはならないわよ」

両手を広げて待ち構える直哉に、小雪は渋い顔をする。

眼差《まなざ》しは完全なる絶対零度で、恋人に向けていいものではなかった。

小雪は疲れたようにため息をこぼし、肩を落とす。

「そうよ、認めるわ。ちょっと距離感を測り兼ねていたのは確か。でもねえ……」

そこでキッと直哉を睨《にら》む。

「付き合いだしたからって、そうそう何かが変わったりなんかしないんだから。あなたも節度はしっかり守りなさいよね」

「節度、か……俺は二十四時間小雪とイチャイチャしたいんだけどなあ」

　直哉はあごに手を当てて考え込む。

　ハッと名案を思いついて手を叩《たた》くのだが――。

「じゃあ、譲歩して半分の十二時間で我慢するよ。鉄の自制心を褒めてくれ」

「譲歩って言葉を辞書で引きなさい！　ええい、付き合いだしたら付き合いだしたで、絡《から》み方が執拗《しつよう》すぎる……！　手に負えない……！」

　頭を抱えて苦悩する小雪だった。

　そんなとき、軽《かろ》やかな声が降りかかる。

「やっほー、おふたりさん。今日は一段とラブラブだねえ」

「うう……昔引っ込み思案だった小雪ちゃんが、あんなに堂々と彼氏に甘えるなんて……いいもの見せてもらったよ……」

「ふたりとも目は大丈夫⁉」

　にこやかに手を振る結衣《ゆい》と、目の端に涙を溜《た》める恵美佳《えみか》。

　その後ろには巽《たつみ》もいて、ニヤニヤと生温かい笑みを浮かべていた。

「おはよう、ふたりとも。それで新婚旅行はどうだった？」

「しっ、新婚旅行⁉　ただの家族旅行ですけど⁉」

　真っ赤になって慌てふためく小雪をよそに、直哉はぐっとサムズアップする。

「もちろんばっちりだよ。なあ、朔夜《さくや》ちゃん」

「はい。こちらがプリントした写真です」

「うわっ、いつの間に⁉　あんた気配を消して近付くのやめなさいよね⁉」

背後からずいっと写真の束《たば》を差し出した朔夜である。

すこし後方からふたりの様子を観察していたことに、またもや気付けなかったらしい。

ふたりきりの登校風景が一気に賑やかになった。

四人は朔夜の撮った写真を回してわいわいと盛り上がり、直哉と小雪はその後ろを歩く。

小雪は小さくため息をこぼしてみせた。

「うう……みんなの温かさが辛《つら》いわ」

「ま、それだけ祝福されてるってことだろ」

「でも、当分こんな感じなんでしょ……慣れないわ……」

気疲れからか、その横顔はひどく浮かない。

そんな小雪に直哉はにやりと笑いかける。

「それじゃ、とっておきのおまじないを教えてやろうか」

「何？　そんなのあるの？」

「簡単な話だよ。ほら」

「……何、この手は」

訝《いぶか》しげに眉《まゆ》を寄せる小雪に、直哉は右手を差し出したままあっさりと告げる。

「学校まで手をつないで行こうぜ」

「なあっ……⁉」

小雪の顔から、ぽんっと湯気が立ち上った——ように見えた。

「そ、そんな破廉恥《はれんち》なことできるわけないでしょ！　何言ってるのよ！」

「いやでも、考えてもみろよ。イチャイチャを見せつければ見せつけるほど、日常風景になってみんなからスルーされるはずだろ。今は人通りも少ないからチャンスだし」

「なんのチャンスよ！　そんなの絶対に——」

「小雪は俺と手をつなぐの、嫌？」

「…………もうっ‼」

小雪はヤケクソのように、直哉の手をがしっと握る。

そのままつんっと澄《す》ました顔で言うことには——。

「ふんだ、これは仕方なくなんだからね。あなたが手を握ってほしそうだったから、してあげてるだけ。そこのところ、よーく肝《きも》に銘じることね」

「はいはい。分かった分かった」

「適当な返事をしない！　そもそもいっつも思ってたんだけどね、あなたってば私に対してなんか雑っていうか——」

小雪はガミガミと説教を続ける。

つないだ指先は爪《つめ》がちゃんと切りそろえられているし、ハンドクリームの匂《にお》いも香る。

手をつなぐことを期待していたのが丸分かりだった。

全部お見通しの直哉は、憎まれ口を叩く小雪の横顔をじっくりと眺める。

クーデレキャラの仮面をかぶった小雪も、仮面が取れてあたふたする小雪も、素直な小雪も――全部が全部、愛おしかった。

「いやあ、俺の彼女は最高に可愛いなあ」

「ごまかすな！」

目をつり上げて吠《ほ》えつつも、小雪は指を絡ませた手を放そうとはしなかった。

ふたりは学校までの平坦な道を、歩調を合わせてゆっくりと歩く。

それはまるで、これから続く平穏な毎日を予感させるような一幕で――。

プルルルル！

その静かなひとときを、無機質な電子音が切り裂いた。

「えっ、なに……電話？」

「……しかも小雪の携帯だな？」

ふたりは顔を見合わせて、名残り惜しいがそっと手を離す。

携帯を取り出して恐る恐る着信に出た小雪だが――。

「なあに、パパ。何かあったの…………はいぃぃぃ⁉　何よそれ⁉」

すぐにすっとんきょうな悲鳴を上げた。

先を歩いていた四人が何事かと足を止めて振り返るが、小雪はおかまいなしだ。

しばらく電話口でああでもないこうでもないと騒いでいたものの、電話が切れた途端に眉間を押さえて黙り込む。

そんな姉に朔夜は小首をかしげてみせた。

「どうしたの、お姉ちゃん。パパからなんて電話？」

「今度、イギリスのおじいちゃんが日本に来るんですって……それ、で……」

小雪は口ごもり、やがてがっくりと肩を落として続ける。

「イギリスから、私の許婚《いいなずけ》を連れてくるって言ってるらしくて……」

『許婚ぇ⁉』

結衣たちが目を丸くして叫ぶと、小雪はゆっくりとうなずいてみせる。

「パパから直哉くんの話を聞いて『どこの馬の骨かも分からん奴《やつ》に孫をやれるか！』ってなったとか、なんとか……」

「ああ、あのおじいちゃんならやるね。間違いなく」

朔夜だけが、心底納得したとばかりに首肯する。

「ええ……許婚だなんて……」

「ふたりとも付き合いだしたばっかりなのに……」

みな神妙な面持ちで黙り込む。

そうして同時に直哉をちらっと見やり、同時にため息をこぼして——。

『可哀想《かわいそう》ね(だな)、その許婚……』

全員の台詞《せりふ》が、見事なまでに重なった。

誰《だれ》一人として直哉に同情することもなく、お通夜の席のように静かに顔を見合わせる。

「そんなぽっと出のライバルキャラなんか直哉にメンタルをボコボコにされて再起不能になるに決まってるじゃねえか……」

「ねえ……今の直哉、小雪ちゃんに近付く敵には容赦しないだろうし……」

「確実に、ギャルモードの私以上にやりこめられるね」

「おじいちゃん含め、あまりにも見えた死亡フラグすぎる」

「そうなのよ……だからパパも慌てておじいちゃんを説得したみたいなんだけど、全然聞く耳持たなかったって……ひどい話だわ……」

「そろそろ俺、身の振り方を考え直すべきかな?」

あまりにもみんなからの扱いが魔王的だった。

直哉は苦笑しつつも軽く肩を回して歩き出す。

「まあいいや。それならその許婚(仮)とやら、どう料理してくれようかなあ」

「やる気を出すな! おじいちゃんに無理やり連れてこられるだけの人かもしれないで

しょ！　ちゃんと手加減してあげるのよ⁉」
それを小雪が追いかけてきて、直哉の手をぎゅっと捕まえた。
ふたりはそのまま手をつないで並んで歩き、許婚への対処について話し合う。
そんな後ろ姿を、あとの四人はやはり微笑ましそうに見守って――。
「晴れて付き合えたけど、まだまだふたりを見ていて退屈しなさそうね」
朔夜が直哉と小雪の姿をカメラのファインダーに収め、シャッターを切った。

あとがき

どうもこんにちは。さめです。

おかげさまで拙作『毒舌クーデレ（略）』も三巻目となりました。「タイトルが長いんだよ！」と言われがちの本作ですが、とうとう先日ツイッターで海外の方からも同じように言われているのを見つけてしまい笑ってしまいました。元凶が笑うなって話ですが。

本棚に三冊並べると、背表紙の文字の詰まり具合が視覚的にすごいことになりそうです。紙の本をお手持ちの方は、実際に並べてご確認ください。詰め込んでくださったデザイナーさんにはこの場を借りてお詫び申し上げます。

そんな長いタイトルの本作ではありますが、三巻の糖度もマシマシでお送りいたします。二巻ラストのハプニングから続く甘々展開をお楽しみいただければ幸いです。

夏だ！　プールだ！　水着だ！

……は二巻でやったので、三巻は他の夏イベントを詰め込みました。

今回もふーみ先生が様々な珠玉のイラストを描き下ろしてくださいました。眼福《がんぷく》です。

本作はイラストがふーみ先生に決まってからは、先生に描いていただきたいシーンを考えながら書いたため、どれも完全にさめ得となっております。読者の皆様もふーみ先生の小雪に今頃ノックアウトされた頃かと思います。

三巻でこんな展開を迎えた直哉《なおや》と小雪《こゆき》ではありますが、本作はもう少しだけ続きます。

応援していただけると嬉しいです。さめは甘さの限界を極めたい所存です。

次巻はラストで予告した通り、小雪の祖父と彼が連れてきた許嫁（仮）が出てくる予定です
が……小雪が心配するように、やっぱり直哉がどうにかします。安心してお待ちいただければ
幸いです。

また、帯にあるように本作のコミカライズが決定いたしました。

作画をご担当いただきますのは松元《まつもと》こみかん先生。すでにキャラデザやネームを拝見して
おりますが……丁寧に起こしていただいて感無量です。照れまくりの小雪をお楽しみに！

謎の押せ押せラブコメ、原作もコミカライズも、今後ともよろしくお願いいたします。

それでは最後に謝辞をまとめて。

担当様、イラストのふーみ先生、コミカライズの松元こみかん先生、デザイナー様、この本
に関わってくださったすべての方。そして今現在読んでくださっている読者の方へ。

皆様のおかげでこの三巻を世に出すことができました。

今後も精進しますので、どうかご贔屓《ひいき》によろしくお願いいたします。

四巻でお目にかかれるよう精進いたします。ありがとうございました。さめでした。

ファンレター、作品の
ご感想をお待ちしています

〈あて先〉

〒106－0032
東京都港区六本木2－4－5
SBクリエイティブ（株）
GA文庫編集部 気付

「ふか田さめたろう先生」係
「ふーみ先生」係

本書に関するご意見・ご感想は
右の QR コードよりお寄せください。

※アクセスの際や登録時に発生する通信費等はご負担ください。

https://ga.sbcr.jp/

やたらと察しのいい俺は、毒舌クーデレ美少女の小さなデレも見逃さずにぐいぐいいく 3

発　行　　2021年4月30日　初版第一刷発行
　　　　　2021年6月11日　　第二刷発行

著　者　　ふか田さめたろう

発行人　　小川　淳

発行所　　SBクリエイティブ株式会社
〒106−0032
東京都港区六本木2−4−5
電話　03−5549−1201
　　　03−5549−1167（編集）

装　丁　　AFTERGLOW

印刷・製本　中央精版印刷株式会社

ISBN978-4-8156-0967-2
Printed in Japan　　GA文庫

試読版は
こちら!